Blanca Busquets

UN CŒUR EN SILENCE

Traduit de l'espagnol
par Catalina Salazar

LES ESCALES

Titre original : *La casa del silenci*
Édition originale : © Random House Mondadori, S.A, 2013
© Blanca Busquets, 2013
Avec l'accord de Pontas Literary & Film Agency

Édition française publiée par :
© Éditions Les Escales, un département d'Édi8
12, avenue d'Italie
75013 Paris – France
Courriel : contact@lesescales.fr
Internet : www.lesescales.fr

ISBN : 978-2-36-569122-2
Dépôt légal : avril 2015
Imprimé en France

Couverture : Hokus Pokus créations

À mon père et à mon oncle Francesc,
qui ont tout donné à la musique,
qui ont consacré toute leur vie à la musique.

La répétition

Teresa

Mon premier violon, je l'ai trouvé dans une décharge publique. Pourtant c'était un excellent violon, même si, bien entendu, à l'époque, je ne le savais pas encore. Mais j'étais sûre d'une chose, il était magique. Ça, je m'en aperçus tout de suite, au premier coup d'œil, parce que malgré la nuit tombée, il brillait et, en général, ce qui brille est magique. Je ne mens pas, pas du tout. À cette époque, ma mère et moi, nous fouillions souvent dans la décharge pour trouver quelque chose à vendre. Si je racontais ça à certains de mes collègues ici, ils seraient stupéfaits.

Ils arrivent les uns après les autres. Jusqu'à maintenant, j'étais seule dans la salle de concerts. Puis j'ai entendu des pas légers s'approcher de la scène. Un premier musicien est apparu, un trompettiste à l'air triste, comme s'il ne possédait rien de précieux en ce monde à part son instrument. Il me salue d'un geste de la main et marmonne quelques mots incompréhensibles. Je crois qu'on m'a dit qu'il était roumain.

Cela fait un moment que je contemple les sièges vides de l'orchestre, assise à ma place, mon violon à la main. J'en ai eu assez de m'échauffer, j'avais envie de silence. Le silence de la salle et celui qui règne sur cette ville, ses places, ses rues. Le silence des feuilles mortes qui en tombant tapissent le sol des couleurs séduisantes de l'automne. Chez moi, en Catalogne, pour trouver ces couleurs, il faut aller en montagne. Ce que j'ai enfin fait adolescente parce que enfant je n'avais jamais pu quitter Barcelone.

Le violon changea radicalement ma vie. « Regarde ce que j'ai trouvé ! » m'exclamai-je en levant dans un geste triomphal l'instrument d'une main et l'archet de l'autre. Les cordes que j'effleurai d'un mouvement involontaire émirent un son aigu déchirant qui me toucha en plein cœur. Je n'aurais pas su dire s'il me plaisait ou pas, c'était un son étrange. J'examinai l'instrument avec attention, attirée par l'ouverture en forme de S, l'esse. J'ignorais ce mot à l'époque, bien sûr, je ne voyais qu'un trou en longueur, parce que je distinguais au fond des lettres manuscrites et je voulais les lire. Je découvris un nom, incompréhensible et reconnus une date, 1672.

— Qu'est-ce que tu fabriques ? se plaignit ma mère. Donne-moi ça, on pourra certainement en tirer quelque chose.

Ma mère ne s'intéressait qu'aux choses que nous pouvions vendre. Nous ne vivions pas dans la rue, ni dans une misère absolue… Enfin, tout dépend de la façon dont on considère les choses. Définitivement oui si l'on prend en compte les critères actuels et leurs conseils diététiques par exemple sur la nécessité de fruits, de légumes, d'hydrates de carbone et je ne sais quoi encore. À l'époque, le seul équilibre de nos repas dépendait de ce que nous dénichions. Il nous arrivait de nous nourrir uniquement d'un peu de pain et de fromage ou de quelques pois chiches ou lentilles. Je n'ai pas connu mon père, mais, d'après ce que m'a raconté ma mère, c'était un étranger qui était venu, lui avait fait l'amour puis était reparti au bout de quelques nuits. Et ma mère, qui vivotait déjà seule, s'était retrouvée avec un enfant à nourrir et là, fini de plaisanter.

« C'est pour ça que tu es blonde et que tu as les yeux bleus, comme lui », me disait-elle en me caressant la joue du bout des doigts. Elle me le répétait depuis que j'étais toute petite et s'interrompait parfois, trop émue. Elle se sentait peut-être unie à cet homme qui était arrivé avec la tramontane et était parti avec le vent du sud après avoir laissé une semence magique qui en poussant allait finir par devenir moi. Quand ma mère me disait que je lui ressemblais, que j'avais ses yeux et ses cheveux, je ne savais pas si je devais aimer mon père et le regretter ou le haïr pour ce qu'il avait fait. J'ai retrouvé cette sensation d'incertitude, de confusion, de ne pas savoir où se trouve la limite entre la vérité et le mensonge, avec Karl, des années plus tard.

Ce soir-là, dans la décharge où nous étions allées plus tard que d'habitude parce que je me souviens de la nuit qui était tombée, je m'étais demandé : « Qu'est-ce que ça peut bien être ? On dirait une caisse en bois… » Il était caché sous un tas d'ordures et on ne le voyait pas bien. Alors je tirai dessus et quand je compris que c'était un violon, je cherchai aussitôt l'archet. Je n'avais pas vu beaucoup de violons dans ma vie, un seul à vrai dire, et en image, parce qu'à l'école, la maîtresse nous avait fait étudier un livre dans lequel apparaissait une jeune fille qui jouait du violon les yeux fermés. Moi, chaque fois, j'imaginais le son produit et le plus curieux, c'est que je ne m'étais pas trompée, que c'était exactement le son que j'avais créé mentalement. La première fois que je jouai vraiment de cet instrument, je fermai les yeux comme la fille dans le livre. Après non, après je les ai bien ouverts comme une idiote afin de suivre les compositeurs baroques qui mettent à l'épreuve le plus virtuose en dessinant des mélodies aussi vertigineuses que des montagnes russes.

Mais ça, ce sera bien plus tard. Ce soir-là, à sept ans, le fait de posséder un violon pour moi seule, changea ma vie. « Allez, donne, il se fait tard », me pressa ma mère et je dus poser ma trouvaille dans le petit chariot que nous utilisions chaque soir pour notre collecte. Elle s'arrêtait de coudre, elle venait me chercher à la sortie de l'école, et nous partions faire un tour à la décharge. Ensuite nous apportions ce que nous avions dégoté au chiffonnier qui prenait tout ce qu'il lui paraissait susceptible d'être revendu. Il nous donnait en échange quelques piécettes qui servaient à assurer nos repas le lendemain, parce que les clients de ma mère ne payaient pas toujours sur-le-champ, certains se faisaient prier. Pourtant je n'ai jamais connu la faim. Je ne sais pas comment se débrouillait ma mère mais elle avait toujours quelque chose à manger pour moi. Mais elle, elle avait connu la faim avant d'avoir l'idée de la décharge et du chiffonnier.

Barcelone à cette époque était à l'opposé du Berlin d'aujourd'hui aux feuilles mortes. C'était une ville sombre, encore marquée par la guerre qui avait ôté à ses habitants le goût de vivre. Il faudrait encore des années avant que l'explosion du mouvement étudiant ne change l'atmosphère de la ville et la télévision n'existait pas encore.

Mais moi, je détenais un violon magique. En arrivant devant la boutique du chiffonnier, je me plantai devant le chariot.

— Je t'en prie, ne vends pas le violon, suppliai-je ma mère, les mains jointes.

Elle m'observa, surprise :

— Mais Teresa, on peut en tirer beaucoup d'argent.

— Oui, mais moi j'ai toujours voulu être violoniste, inventai-je aussitôt.

Le regard de ma mère s'adoucit :

— Ah bon ? Je ne savais pas, tu ne m'en avais jamais parlé.

— S'il te plaît, insistai-je.

Le violon revint à la maison avec nous. Jamais je n'avais imaginé devenir violoniste, évidemment, mais à l'école il y avait ce livre avec la fille qui jouait du violon les yeux fermés et je venais de tomber sur cet instrument qui avait l'air magique. Je venais de naître à la musique, et depuis elle a toujours fait partie de moi. Une vague de bonheur me submergea comme une nuée chargée de mélodie et je me dis que oui, je devais devenir violoniste.

Maria

— Vous vous endormez, Maria !

— Mais, non, voyons, je ne dors pas...

Ils veulent que je me dépêche à cause de la répétition, ils sont pressés et moi ça fait des jours que j'ai mal au ventre et puis j'ai passé l'âge de courir. Je suis si vieille, Monsieur Karl, si vieille.

Il va falloir que j'écoute de nouveau cette musique que je connais par cœur à force de l'avoir entendue si souvent, cette musique qui me remue à l'intérieur, qui me donne envie de pleurer, et cela fait longtemps que je ne pleure plus. Ils ont promis que je serais installée dans un fauteuil rouge comme une vraie dame, et moi je me fiche d'être une dame, mais je ne peux pas refuser. C'est Mark qui me l'a promis, bien sûr, parce que Anna, elle m'ignore, elle fait comme si je n'existais pas.

Hier j'ai pris l'avion. Pour la première fois de ma vie. J'ai détesté. Moi, ce truc de ne pas toucher le sol, je n'aime pas du tout, on ne sait pas où on est, on ne sait pas ce qui se passe. Et dire qu'il va falloir que j'en reprenne un autre pour rentrer à la maison, hélas, Sainte Vierge de la Macarena !

Je ne connais pas cette ville étrange, mais j'y retrouve partout le parfum de Monsieur, une odeur qui me pousse à faire attention à tout ce qui m'entoure, une odeur qui me trouble. Je ne veux pas sortir seule de l'hôtel parce qu'à coup sûr je vais me perdre, c'est ce que j'ai dit à Mark.

— Alors restez ici, Maria, m'a-t-il répondu, ou allez retrouver votre nièce. Vous n'étiez pas avec elle hier ?

— Elle est occupée, ai-je répondu pour noyer le poisson, je resterai ici jusqu'à l'heure de la répétition.

Et c'est ce que j'ai fait. Mais demain il faudra que je sorte et que je m'habille avec élégance pour me rendre au concert, comme si j'étais une de ces cantatrices d'opéra qui venaient à la maison. Et demain il faudra que je finisse le travail que j'ai commencé.

Monsieur m'avait demandé si je voulais apprendre à jouer du violon ou du piano. « Mais vous avez de ces idées ! » avais-je répondu, très émue. Cela me rappela le curé de mon village, en Andalousie, qui, lorsque tu faisais ta première communion, t'obligeait à chanter, que ça te plaise ou pas. Sinon, il ne te laissait pas communier. Un peu, juste un petit peu, insistait-il. Et alors tu chantais, ce truc de « *Quelle joie quand on m'a dit : Allons à la Maison du Seigneur...* » Et puisqu'il n'y a personne pour m'entendre, je dois reconnaître que je m'en étais pas mal sortie. Je me lançai peu à peu, je me mis à chanter sous la douche puis dans la rue. À mon arrivée à Barcelone, je chantais presque tout le temps en faisant le ménage. D'abord chez deux dames tirées à quatre épingles puis chez Monsieur Karl. C'était une bonne place, les gages étaient élevés, et là aussi je me mis à chanter tandis qu'à l'autre bout de la maison, Monsieur jouait du piano. Je chantais à tue-tête, certaine qu'il ne pouvait pas entendre ces mélodies sentimentales qui me touchaient au cœur et me réconfortaient tellement. L'une disait « *Ma belle colooombe, viens vers moiiii*[1]... » Celle-là, je l'adorais, c'était

1. Linda paloma mi ven hacia mi.

ma préférée, je la chantais souvent, j'en pleurais même d'émotion. Ce premier jour, je finis par chanter si fort que je n'entendis plus le piano, je l'oubliai, du moins je le crus parce qu'en réalité, Monsieur avait cessé de jouer pour s'approcher de la porte, l'ouvrir et, l'index sur les lèvres, me faire signe de me taire. Moi qui pensais qu'il venait me féliciter, j'en fus pour mes frais. Je fermai la bouche et je ne l'ouvris plus tant que Monsieur était dans la maison parce que je ne voulais pas perdre mon travail et aussi parce que j'étais vexée. Lui ne lâchait pas son piano ou son violon, et moi je chantais quand il n'était pas là. Un jour cependant, il me surprit en flagrant délit et c'est là qu'il me demanda si je voulais apprendre à jouer du piano ou du violon, je n'avais qu'à choisir. Le rouge me monta aux joues, elles étaient brûlantes. Quand, bien droite, je lui répondis : « Ni l'un ni l'autre, merci », il me parut déçu.

Monsieur était de ces hommes qui attirent l'attention. Je ne pus m'empêcher de le trouver très séduisant la première fois que je le vis. On m'avait dit qu'il venait de s'installer à Barcelone et qu'il avait besoin d'une domestique et que si je voulais le poste, je devais me présenter à son domicile. J'étais donc allée sonner chez lui, il m'ouvrit la porte, me salua et se tut parce qu'il ne savait rien dire d'autre en espagnol et c'était la seule langue que je connaissais. Mais j'ai toujours été très débrouillarde et je compris tout de suite ce qu'il désirait quand il m'expliqua, par gestes, ce dont il avait besoin Il me montra ensuite une chambre comportant un lit et un lavabo à côté de la cuisine. Sainte Vierge de la Macarena ! je n'avais jamais servi dans une maison pareille, je n'étais jamais restée dormir chez mes employeurs et cet homme voulait que je m'installe chez lui. Je fus prise de doutes, mais quelques minutes seulement, jusqu'à ce qu'il me colle une feuille sous le nez avec des chiffres, des chiffres que je voyais aussi pour la première fois de ma vie, qui me parurent astronomiques, plus un jour de congé par semaine. C'était plus que je n'obtiendrais jamais ailleurs. « C'est d'accord », déclarai-je sans plus aucune hésitation. Parce que j'étais en train de calculer ce que je pourrais m'acheter avec cette somme : du chocolat, des vêtements et même des bijoux, une belle bague et qui sait, des boucles d'oreilles, sans compter que je n'aurais pas grand-chose à dépenser puisque je serais logée et nourrie. Monsieur me tendit la main et je la serrai, un peu surprise. Cela ne m'était jamais arrivé non plus. Il avait une de ces poignes ! Je faillis crier de douleur. Mais je me retins. Voilà comment j'entrai à son service.

Cette maison, c'était la maison du silence. On entendait de la musique, ça oui, mais loin, étouffée. Monsieur s'enfermait dans une salle et là il faisait ce qui lui plaisait, il jouait du piano ou du violon et il chantait aussi, très fort. Un jour je le vis qui prenait des notes sur une feuille et je dus avoir l'air surpris parce que sans que je lui pose aucune question, il me regarda bien en face et il me dit : « Je suis en train de composer, Maria. » Mais ça, c'était quand on se parlait. Parce que au début, on ne se parlait pas, ah non ! Au début, on aurait cru qu'il ne voulait pas me dire ce que je devais faire, ce qu'il attendait de moi. Je lui demandais : « Je vous apporte quelque chose, Monsieur ? » Et il ne m'entendait pas ou faisait semblant de ne pas m'entendre. Puis il finit par me dire :

— Je vous ai engagée pour que vous fassiez tout ce que vous pensez devoir être fait, je n'ai pas le temps d'y réfléchir.

— Bien Monsieur, répondis-je.

Je me retirai en me disant, Maria, fais une liste de tout ce qu'il faut organiser dans la maison parce qu'à partir de maintenant, ce sera comme si c'était la tienne. Ce fut pareil pour mon premier salaire. Je voyais les jours passer et Monsieur qui ne me payait pas. Au bout de deux mois sans voir le moindre centime, j'osai lui en parler. Il me demanda de le suivre jusqu'à son bureau et il sortit d'un pot à crayons une petite clé qui ouvrait un tiroir. Il y avait beaucoup d'argent à l'intérieur, beaucoup. Bouche bée, j'écarquillai les yeux comme des soucoupes.

— Tenez, me dit-il, vous vous servirez ici tous les mois, moi je risque d'oublier. Et s'il n'y a pas assez d'argent, vous me le dites.

— Bien, Monsieur.

Puis il repartit. Une fois seule, je pris ce qu'il me devait en me disant que j'aurais pu tout emporter et ne jamais revenir. Mais la tentation me passa vite, je décidai que je n'étais pas née pour voler et j'oubliai tout ça. Je fermai le tiroir à clé, rangeai la clé dans le pot, et contemplai mes billets en me disant que si je n'avais pas encore assez pour un bijou je pouvais quand même m'offrir des chocolats pour moi seule.

Teresa

Tout l'orchestre est réuni. Il ne manque plus que Mark et Anna. Mais ils arrivent toujours les derniers. Sans entrain, je fais comme les autres violonistes, je cale mon instrument sur l'épaule pour l'accorder. Il n'y a plus de silence. Après, si j'ai le temps, je répéterai les passages difficiles qui m'attendent dans ce jeu génial du chat et de la souris inventé par Bach. Je sais que le moment venu, l'émotion me prendra, mon cœur sera submergé par la tristesse, je repenserai à la dernière fois que nous avons interprété ce concerto ici et aussi au jour où Karl m'appela pour la première fois avec ces mots : « Je vous ai écoutée et je sais que vous interprétez Bach comme je crois qu'on doit l'interpréter. »

Il nous a quittés il y a dix ans déjà, mais parfois j'ai l'impression que le temps n'a pas passé, qu'aujourd'hui encore il va me répéter sa sempiternelle recommandation de ne pas y mettre trop d'âme.

— Si tu ne veux pas que je le joue de cette façon, pourquoi m'avoir demandé de venir ? lui avais-je rétorqué un jour, exaspérée.

Il m'avait regardée droit dans les yeux pour me répondre :

— Parce qu'il est plus facile d'enlever un peu d'âme que d'en ajouter. Rares sont ceux qui font de la musique avec leur âme.

Moi, je n'avais jamais pu jouer sans être émue. J'ai appris à rester sereine, même si c'est encore difficile, mais pendant de nombreuses années, dès que je me mettais à jouer, je devais retenir mes larmes. Le jour où, à sept ans, j'emportai le violon chez moi avec la bénédiction de ma mère, je pleurai aussi parce que je ne savais pas comment tenir l'instrument ni de quelle façon il devait sonner. Je relus les lettres gravées à l'intérieur, la date, 1672, puis en essayant de me souvenir de l'illustration de mon livre, de la façon dont la fille plaçait le violon, je tentai de l'imiter avant de faire glisser l'archet sur les cordes. Le résultat fut un son électrisant, désaccordé, mais profond, un son qui me serra le cœur et me coupa le souffle. Je ne comprenais pas qui, à une époque de privations, avait pu vouloir se débarrasser d'un objet si précieux, sans compter qu'il était accordé et que les cordes paraissaient bien tendues.

Ma mère et moi vivions dans un appartement qui ne comptait qu'une petite salle d'eau, une cuisine et une chambre. Tous nos biens se trouvaient empilés dans un coin, parce que nous n'avions pas d'armoires. Notre seule richesse et moyen de survie était la machine à coudre, la seule chose que ma mère n'avait pas vendue quand elle dut laisser l'appartement où elle vivait avec mes grands-parents pour se retrouver, quelques années avant ma naissance, seule, plus seule que jamais. Grâce à l'argent que lui rapportait ses travaux de couture, elle avait loué cet appartement minuscule dans lequel je naquis et grandis, assurée d'avoir toujours le matin un bout de pain et à midi et le soir une assiette remplie sur la table, même petite, oui. De temps en temps, les voisins nous offraient un peu de succédané de chocolat. Il me paraissait délicieux alors qu'aujourd'hui, je le vomirais. Parfois ma mère n'avait même pas le temps de manger et continuait à coudre ou si elle n'avait pas d'ouvrage à finir, faisait le ménage, pendant que je déjeunais ou dînais. Je la voyais s'affairer, nerveuse, moi la bouche pleine, finissant rapidement mon assiette qui n'était jamais bien remplie. Je l'observai ainsi le jour où elle tomba la tête en avant sous mes yeux. Je lâchai un cri, je devais avoir cinq ans, et j'eus si peur que je courus chercher les voisins, ceux du succédané de chocolat. Je frappai à leur porte en pleurant. Quand ils m'ouvrirent, je réussis à balbutier, atterrée, d'une voix entrecoupée par les sanglots que ma mère était tombée, que je ne savais pas ce qu'elle avait. Je ne comprenais pas, elle avait les yeux fermés, les mamans, ça ne reste jamais par terre. Le couple m'avait aussitôt suivie. Le Monsieur s'était dépêché d'appeler un médecin tandis que sa femme s'occupait de ranimer ma mère. Lorsque le médecin arriva, elle avait repris ses esprits depuis un moment demandant d'une voix faible ce qui s'était passé. On me fit sortir, mais tandis qu'on me poussait vers l'appartement voisin, j'entendis le médecin déclarer :

— Ça, Madame, ça n'a qu'un nom : la faim.

Les voisins nous nourrirent pendant quelques jours. Ils ne roulaient pas sur l'or, mais le mari travaillait assez pour nourrir convenablement sa famille. Ma mère était si faible qu'elle était incapable de coudre ne serait-ce qu'un ourlet. Il lui fallait récupérer. « Qu'allez-vous faire maintenant ? » lui demanda la voisine à voix basse en croyant que je ne l'entendais pas. Ma mère éclata en sanglots puis finit par répondre : « Je trouverai bien quelque chose. Je dois être forte pour ma fille. »

Et c'est ainsi qu'elle eut l'idée de la décharge.

Bach m'absorbe. Mark me regarde toujours dans les yeux pour que j'attaque la première note, un truc à moi, la première note a toujours été ma chose depuis la mort de ma mère. Elle parvint à remonter la pente à l'époque, elle ne pouvait pas se permettre de me laisser seule, elle devait s'assurer que je m'en sortirais. Elle mourut quelques années plus tard alors que j'enseignais déjà au conservatoire, que je n'étais plus obligée de travailler comme employée de maison, parce qu'à une époque je dus frotter les sols, avec elle, et travailler chez des gens qui vivaient à l'autre bout de la ville, pendant des heures, à faire le ménage, le repassage, à aller chercher leurs enfants à la sortie de l'école, les emmener jouer au jardin.

Je faisais des ménages et j'apprenais le violon.

Maria

Anna a posé l'étui de son violon de telle façon qu'il s'enfonce dans mes jambes. Je suis sûre qu'elle l'a fait exprès pour que je proteste, mais je ne me plaindrai jamais d'être à l'étroit dans ce taxi à cause d'un violon, même un Stainer. Elle se donne un mal fou pour me rendre la vie impossible. Je suppose qu'elle rêve de me voir disparaître. Mais ce n'est pas le moment, je compte bien rester ici pour accomplir ma mission.

Qui aurait pensé que je me tromperais de violon, et que je jetterais le bon à la poubelle ? Je ne sais toujours pas comment j'ai pu faire une chose pareille. En réalité, si, je le sais, c'est à cause de lui, c'est lui qui se trompa et m'ordonna de me débarrasser du violon qui était posé sur la chaise. Je lui avais obéi, j'avais pris le violon sur la chaise et je l'avais jeté. Alors qu'aujourd'hui le moindre geste me prend un temps fou, que j'ai dû me traîner derrière Mark et Anna jusqu'à ce taxi qui nous conduit à la salle de concerts au nom étrange, comme à peu près tout dans cette ville, je revois avec quelle rapidité je pris l'instrument et le balançai dans la charrette avec les autres détritus en chantonnant comme chaque fois que je sortais de la maison parce qu'il ne pouvait pas m'entendre, avant de refermer la porte tranquillement. Rien que d'y penser, j'ai la chair de poule. Lorsque Monsieur s'aperçut de son erreur au bout de quelques heures, alors que je m'apprêtais à regagner ma chambre, je l'entendis crier :

— Où est mon Stainer ?

Parce que ce violon-là avait un nom, Stainer. Pas facile à prononcer, n'est-ce pas ? Mais à l'époque je trouvais que c'était un très joli nom pour un violon, même s'il était surprenant. Après une seconde de stupéfaction, je lui répondis :

— Vous m'avez dit de le jeter, Monsieur.

Alors ce fut à son tour de me regarder d'un air incrédule avant de s'exclamer d'un ton désespéré :

— Mais enfin, Maria, je vous avais dit de jeter le violon qui était cassé.

Je ne comptais pas me laisser intimider :

— Non, Monsieur, vous m'avez dit de prendre celui de la chaise et c'est ce que j'ai fait.

Alors il se mit à répéter « *Mein Gott ! Mein Gott !* » en cherchant le violon dans toute la maison avant de le dénicher sous le piano et de le brandir des deux mains, en criant « C'était celui-là dont je voulais parler ! » Et moi, pétrifiée, je contemplai l'instrument qui ne ressemblait plus à rien, comme si on l'avait retourné. Monsieur se planta devant moi et éructa « Ça, ça ne vaut plus rien, regardez ! » C'est vrai qu'il était bizarre, contrefait, comme aspiré de l'intérieur. Sans la terreur et le sentiment de culpabilité que j'éprouvais à cet instant, j'aurais éclaté de rire devant cet objet si grotesque.

— Où est-il ? voulut savoir Monsieur.

— Dans la charrette de la poubelle, je vous l'ai déjà dit, répondis-je sans ciller.

— Oui, mais elle va où cette charrette ?

— À la décharge.

Il se précipita vers la sortie, et me lança un regard furibond. Alors je lui expliquai tout doucement que la décharge se trouvait très loin. J'avais les yeux baissés mais je pouvais sentir toute sa furie. Il héla un taxi et me poussa à l'intérieur, avec mon tablier blanc, mon serre-tête, sans me laisser le temps de protester. Puis il monta à son tour en indiquant au chauffeur de nous conduire à la décharge qui se trouvait assez loin, au milieu de nulle part. Ce fut un voyage horrible. Aucun de nous ne parlait. Monsieur agitait de temps en temps sa jambe avec une nervosité qui m'effrayait. Une fois sur place, il demanda au conducteur de nous attendre. Et nous voilà en train de gravir et d'examiner cette masse de déchets qui dégageaient une puanteur épouvantable. Ils devaient avoir vidé tous les camions de la ville parce qu'il n'en restait plus un seul, mais il est vrai qu'il était très tard. « Suivez-moi ! » m'ordonna Monsieur. Je compris à son ton qu'il n'admettrait aucune résistance. On n'y voyait rien. J'avançai à tâtons. Je savais que des gens venaient fouiller dans la décharge mais jamais à la nuit tombée. Monsieur ne se laissa pas démonter : « Allez, cherchez ! » reprit-il sur le même ton. « Moi ? » demandai-je, inquiète. « Mais oui ! Qui d'autre ? » Je n'avais pas intérêt à le pousser à bout, alors je soulevai ma jupe et glissai un pied dans le tas d'ordures, puis avançai comme je le pus. Quelle horreur ! Je n'avais jamais fait une chose pareille, ni ici, ni chez moi, en Andalousie, et Dieu merci, je n'ai jamais eu à le refaire. « Sainte Vierge de la Macarena, aide-moi ! » murmurai-je en soulevant et en remuant à mains nues les immondices. Ça sentait si mauvais que j'avais des haut-le-cœur, mais Monsieur se montra inflexible, il fallait retrouver le violon. Je fouillai partout, aussi longtemps que je le pus. Sans rien trouver comme je finis par l'avouer à Monsieur en me relevant au milieu des ordures. Il se tenait debout et je ne pouvais pas voir son visage. Il me répondit « Cherchez encore », d'un ton si sec que je lui obéis sans discuter. Puis en voyant que cela ne servait à rien, il repartit vers le taxi, sans un mot. En quittant la décharge, persuadée que j'allais devoir rentrer seule à pied, je trébuchai, tombai en avant et me fis une entaille au front. À la sortie, le taxi m'attendait, la portière ouverte. Je me précipitai vers la voiture. Monsieur ne daigna même pas tourner la tête vers moi, et garda le visage collé à la vitre en se masquant discrètement le nez. Il ne remuait plus la jambe. Le chauffeur me jeta un coup d'œil dans le rétroviseur et je compris à son air que je puais vraiment.

En arrivant à la maison après un autre trajet passé dans un silence glacial, je me rendis directement dans ma chambre. Je me lavai, soignai ma blessure puis fis ma valise. Quelle façon idiote de perdre un bon poste ! regrettai-je avec tristesse. Je l'occupais depuis seulement six mois et je savais que je n'en retrouverais pas de meilleur. Je m'y sentais bien, Monsieur semblait satisfait de moi. Mais toutes les bonnes choses ont une fin et c'est en manteau, ma valise à la main que j'allai faire mes adieux à Monsieur. Il était assis sur le canapé, les yeux levés au plafond, se lamentant, je suppose, sur son violon perdu. Je lui ai dit que je regrettais beaucoup ce qui s'était passé, que j'espérais qu'il me pardonnerait. Il m'a contemplé, surpris, avant de me demander où j'allais à une heure si tardive.

— Je pars, lui répondis-je déconcertée, j'imagine qu'après ce qui s'est passé…

Il se leva et se dirigea vers le piano en maugréant :

— Ne dites pas de bêtises ! C'est moi qui vous ai donné l'ordre de jeter le violon qui se trouvait sur la chaise. Et, vous devriez vous soigner, vous avez une blessure au front.

Teresa

La claveciniste a demandé qu'on l'aide à déplacer son instrument. Deux violoncellistes et un autre musicien, fort comme Goliath, se sont aussitôt levés pour lui prêter main forte. Cela m'a fait penser à ma mère que je croyais invincible jusqu'au jour où j'ai compris qu'elle n'était pas surhumaine, qu'elle aurait eu besoin même qu'on la soutienne, et que moi, sa fille, j'étais une charge qui l'obligeait à travailler plus qu'il ne l'aurait fallu simplement pour survivre dans des conditions minimales.

J'ai appris à détecter qui avait de la force et qui en était dénué dans les yeux de la personne que j'ai en face de moi. Le regard de Karl était d'une netteté frappante. Celui d'Anna trahissait sa fragilité, malgré son air de vouloir dévorer le monde, auquel s'ajoutait une bonne dose d'insolence. La première fois que je la vis, elle était accompagnée de la nounou qui la suivait dans tous ses déplacements. En général, pour le premier cours, les parents se présentaient avec leur enfant pour m'expliquer ce qu'ils attendaient de lui ou faire ma connaissance. Dans le cas d'Anna, cela n'arriva jamais. Elle vint avec sa gouvernante, Clara, le premier jour et tous ceux qui suivirent, même si elle avait l'âge de se déplacer seule. Clara l'attendait toujours dehors et parfois je me penchais à la fenêtre et je les voyais emprunter la Diagonal pour prendre leur autobus comme me l'avait expliqué la nounou parce qu'elles habitaient à l'autre bout de la ville, à côté d'un parc.

Il se trouve que je le connaissais ce parc, j'y avais même passé beaucoup de temps. J'y emmenais les enfants dont je m'occupais après avoir nettoyé la cuisine, repassé, frotté les sols ou récuré les salles de bains… Oui, les salles de bains, parce que mes employeurs en possédaient deux, parfois trois. À mes yeux, c'était ça le véritable luxe. La première fois que je découvris que cela pouvait exister, je me crus dans un film. Je ne pus retenir un cri d'admiration. J'avais quinze ans à cette époque. Ma mère, que j'étais venue aider, essuya la sueur sur son front et se contenta de déclarer : « Maintenant c'est à ton tour de participer, ma fille. » Finie l'enfance.

Maria

Tout à l'heure, en traversant en taxi cette ville sans soleil, j'ai aperçu la vitrine d'une confiserie dans laquelle trônaient des bonbons de toutes les formes et de toutes les couleurs. Soudain je me suis souvenue de Monsieur et de son goût pour le chocolat chaud. Et j'ai souri.

— Qu'est-ce qui vous fait rire vous ? a voulu savoir Anna avec son ton sarcastique habituel.

— Oh, rien.

Cette femme surveille tous mes faits et gestes.

— Rien... J'aime bien le chocolat, c'est tout.

Mark m'a regardé et m'a souri. Ce qui a cloué le bec à Anna qui a tourné la tête vers la vitre d'un air renfrogné.

Monsieur restait en général le matin à la maison et sortait l'après-midi. S'il n'avait pas de visites, bien sûr, ou de répétitions. Dans ces cas-là, son invité et lui se mettaient à jouer ou à chanter dans la salle de musique, les portes fermées, après que Monsieur m'eut crié : « Maria, qu'on ne nous dérange pas ! » Deux mois après son arrivée à Barcelone, Monsieur réussissait à se faire comprendre de tous, peu importait la langue. Je ne sais pas laquelle il parlait avec moi, mais je le comprenais. Et quand un mot lui manquait, il le remplaçait par des gestes.

Après l'épisode du violon, s'installa une période au cours de laquelle nous n'échangions plus que le strict minimum. Je m'occupais de mon travail et quand j'avais terminé, je me retirais dans la cuisine ou ma chambre. Parfois je sortais me promener. Un jour, alors que je venais de toucher ma paye, j'en profitai pour acheter du chocolat en poudre, de la crème et des brioches puis m'installai à la cuisine prête à tout dévorer. Il y avait un café à côté de la maison, où des mères emmenaient goûter leurs petits, quelquefois aussi les nounous mais plus rarement. C'était un truc entre mère et enfants, comme un prix octroyé une fois par semaine ou par mois. Les bambins arboraient un air ravi, des moustaches de chocolat aux lèvres, qui me faisait mourir d'envie.

Comme je n'osais pas entrer dans l'établissement, je décidai de me préparer ce goûter à la maison. Alors que je mordais dans la brioche fondante, trempée dans le chocolat, les yeux fermés avec le même ravissement que si j'entendais chanter des anges, et que je ne comprenais pas comment ce n'était pas la nourriture préférée de tout le monde, à cet instant précis retentit la voix de Monsieur :

— Vous ne vous embêtez pas, vous ! s'exclama-t-il.

J'en ris encore mais je fais attention pour qu'Anna ne s'aperçoive de rien. Ce jour-là, en ouvrant les yeux, je le découvris planté sur le seuil de la cuisine qui me contemplait d'un air moqueur :

— Une drôle d'odeur m'est parvenue et il m'a semblé que vous prépariez un mauvais tour, alors je me suis approché sur la pointe des pieds, m'expliqua-t-il plus tard.

Monsieur était comme ça quand il avait envie de s'amuser. Stupéfaite, je ne trouvai de mieux à lui répondre que :

— Je l'ai payé avec mon argent.

Ce qui le fit éclater de rire.

Je ne l'avais jamais entendu rire. C'était contagieux, il était si grand, il riait si fort qu'on ne pouvait s'empêcher de l'imiter. Nous n'arrivions plus à nous arrêter. Puis il s'interrompit brusquement pour me lancer :

— Vous ne m'invitez pas ?

Ça tombait bien, parce que précisément je me disais que j'y étais allée un peu fort avec le chocolat. J'en avais assez pour plusieurs jours.

— Bien sûr que si, je vous l'apporte tout de suite dans la salle à manger.

— Non, non, répliqua-t-il avant de s'asseoir en face de moi sur l'étroit tabouret, à ma grande surprise.

Il attendit patiemment que je prépare son chocolat tout en m'expliquant qu'il en avait déjà goûté une fois et qu'il avait adoré.

— Dans mon pays, nous n'avions pas vraiment de bon chocolat, ajouta-t-il d'un ton mélancolique.

Alors, tandis qu'il savourait ce dessert, l'un des meilleurs au monde je trouve, il me raconta d'où il venait et décrivit sa ville natale qui était coupée en deux et où l'on était en train d'élever un mur pour empêcher les gens de s'enfuir en passant d'un côté à l'autre. Son visage s'assombrit à cet instant et je n'osai pas lui demander plus de détails. J'avais entendu parler de ce mur dernièrement à la radio, je possédais un petit poste sur lequel je suivais l'après-midi mon roman feuilleton préféré, sans y prêter vraiment attention, sans y comprendre grand-chose. Et je découvrais que Monsieur venait de là. Parce qu'il était allemand, ça je le savais, mais pas qu'il était de cette ville dont on parlait tant. Je voulus savoir tout de même pourquoi il était interdit de passer d'un côté à l'autre. Ça me paraissait idiot. Moi je pouvais traverser tout Barcelone et même quitter la ville pour aller à l'étranger munie d'un simple passeport. Il poussa un soupir et me répondit que lui non plus il ne comprenait pas, mais que c'était comme ça. Il me raconta aussi que dans son quartier, il y avait une place où il se réunissait avec d'autres musiciens, une place très jolie avec un jardin au centre et un arbre pointu qui jaunissait en automne et qu'ils y passaient des heures à jouer. « Même quand il faisait froid ! On oubliait tout de cette manière », précisa-t-il en esquissant un sourire. Je n'osai rien dire. Je ne voulais pas interrompre le cours de ses pensées qui me paraissaient aussi sacrées qu'un sermon dominical. Je remarquai que les battements de mon cœur s'étaient accélérés parce que Monsieur me racontait ces choses à moi et qu'elles l'avaient emporté loin de ma cuisine pendant quelques instants.

Hier, ici même, à Berlin, j'ai pu voir des pans de ce mur que nous avions évoqué, ce jour-là, alors que nous prenions notre premier chocolat chaud ensemble. Au cours des quarante années que j'ai passées avec Monsieur, ils ont eu le temps de le monter et de le détruire. Hier j'ai pu le vérifier, Monsieur ne m'avait pas menti, quelqu'un avait bien donné l'ordre de couper la ville en deux. « Vous comprenez, Maria », m'a dit Mark, « j'avais toujours vécu d'un seul côté de la ville, je n'ai pu sortir qu'une fois le Mur tombé. » J'ai contemplé le pan de mur en me disant qu'il paraissait bien solide, qu'il aurait pu tenir encore quelques années. Je ne comprenais toujours pas pourquoi ils empêchaient les gens de passer d'un côté à l'autre. « Ils nous tenaient numérotés », murmura Mark. Alors j'ai cru saisir ce qui se passait : s'ils changeaient de côté, le compte n'était plus bon.

Teresa

L'orchestre ressemble à une marmite remplie de grillons alors que tous les musiciens s'échauffent en même temps. J'ai repensé à mes premières tentatives pour tirer un son musical du violon trouvé dans la décharge. Les voisins étaient désespérés et ma mère aussi. J'avais saisi l'instrument d'une main ferme. Il s'était sans doute voilé un peu au cours du transport, le bois portait des traces d'égratignures, mais cela n'affecta pas le son. Au contraire, du moins c'était mon avis, je trouvais qu'il sonnait merveilleusement bien. Une opinion que ni ma mère, ni mes voisins ne partagèrent, comme ils me le firent savoir au bout de deux jours. Ce n'était pas ceux qui avaient sauvé ma mère des années auparavant, mais des nouveaux avec lesquels nous n'échangions que des bonjours et des au revoir. Ils frappèrent à la porte et me demandèrent si je pouvais aller jouer à la plage où avec le bruit des vagues, personne ne m'entendrait. Je m'excusai, rouge de honte, je pris mon violon sous le bras et je leur obéis, la gorge serrée, les larmes aux yeux. « Où vas-tu ma fille ? » me demanda ma mère. Je sortis sans répondre. Nous vivions à proximité de la mer même si nous ne la voyions pas. Personne ne faisait attention au sable ou aux vagues. Le chemin qui conduisait à la plage était très sale, tout le monde y jetait ses déchets, ses vieilleries, les ordures qui ne tenaient pas dans les poubelles. J'évitai comme je le pus tous ces obstacles. Nous étions en mars, c'était une journée agitée, froide, humide, mais je ne le remarquai même pas. L'odeur de l'eau salée, du poisson que les pêcheurs apportaient quotidiennement en criant, tôt le matin, me parvint. Un vent frais agita mes cheveux, je perçus le bruit des vagues qui allaient et venaient. Je m'installai, sûre que personne ne m'entendrait, posai le violon sur mon épaule, fermai les yeux et fis glisser l'archet sur les cordes en positionnant soigneusement mes doigts. Il émit un son qui me flanqua la chair de poule. J'éclatai en sanglots. Je m'assis sur le sable, la tête entre les bras. J'avais la musique à portée de main mais je ne pouvais l'atteindre. La porte de ce trésor incommensurable me demeurait hermétiquement fermée.

Je finis par rentrer d'un pas lent à la maison. Je séchai mes larmes et me consolai en me disant que certains enfants étaient destinés à une chose, et pas les autres. La fille du livre jouait du violon, moi je fouillais dans les poubelles. C'était ainsi, on n'y pouvait rien.

J'avais le cœur brisé en rentrant. Ma mère me contempla d'un air effrayé. « Mais que se passe-t-il, ma petite ? » s'inquiéta-t-elle en me prenant dans ses bras et en me couvrant de baisers. « Je suis allée jouer à la plage pour ne pas faire de bruit », articulai-je entre deux hoquets, « mais je ne trouve pas la musique… » pleurai-je. Elle me reprit dans ses bras. J'avais au moins une maman qui me manifestait son affection. Ce qui n'était peut-être pas le cas de la fille du livre.

Anna ressemblait à cette fille. Elle possédait un violon, mais n'avait pas de mère. Ce violon, un instrument d'étude, un beau jour je lui dis qu'elle devait le changer, en acheter un nouveau, un violon d'adulte. « Je sais », me répondit-elle, le visage impassible, d'un ton sec, sournois. Il était difficile de la décontenancer. Elle ne perdait jamais son sang-froid malgré son jeune âge, sauf lorsqu'elle jouait. Elle prenait alors une expression d'intense concentration. Mais ensuite elle redevenait elle-même, Anna, l'impénétrable, mystérieuse, impossible à déchiffrer, excellente élève, super douée, dotée d'une capacité que je lui enviais pour se lancer dans des passages rapides à des vitesses extrêmes. Mais elle n'y mettait pas de sentiments, juste de l'intellect et c'est de cette manière, par l'intellect qu'elle approchait Bach.

Anna continua de venir accompagnée de Clara jusqu'à ses dix-huit ans. Moi, à sept ans, j'allais seule à l'école et pourtant elle se trouvait loin de la maison. Ce jour-là sur la plage, après l'épisode si décevant du violon, je me sentis vidée. Je ne savais plus quoi faire, quoi penser ni ce qui me rendrait heureuse. Je n'avais jamais été attirée par les jouets ou les poupées, je leur préférais les objets que nous dénichions dans la décharge, mais après ma découverte du violon, je devinais que plus rien ne me procurerait la même émotion. J'avais perdu toute gaieté, je ne souriais plus.

J'avais oublié que j'avais une maman attentive. Quelques temps plus tard, à l'école, notre professeure de musique qui essayait de nous initier en nous apprenant simplement à entonner une chanson à une époque et dans un type d'école où l'art de la musique était une préoccupation mineure, cette maîtresse à laquelle personne ne prêtait attention, qui passait inaperçue et qui finissait toujours par nous donner une bonne note à tous, s'est approchée de moi avec un grand sourire et un regard qui invitait à l'espoir. Elle s'assit à mes côtés et me dit : « J'ai appris que tu avais trouvé un violon, pourquoi ne l'apportes-tu pas ? » Et soudain le monde s'ouvrit pour moi.

Anna

Cette sorcière de Maria nous suit partout, jusque dans ce taxi. Je me suis débrouillée pour qu'elle se retrouve coincée entre la portière et le violon, mais elle n'a même pas protesté. Elle ne se plaint jamais. Elle est parfaite. Tu parles ! Elle observe les vitrines avec des yeux de merlan frit comme si elle n'en avait jamais vu. Elle est vraiment insortable. Je ne sais pas ce qui a pris à Mark de l'inviter ! Je suis sûre qu'elle va se mettre à pleurer par-dessus le marché dès le début du concert. Heureusement, Mark me serre la main. J'espère qu'ainsi Maria comprendra que certains obtiennent toujours ce qu'ils veulent et celui qu'ils veulent et que d'autres, comme elles, se retrouvent sans rien. Et que Karl, c'est déjà de l'histoire ancienne.

Le temps des larmes est fini. Bien sûr, quand nous avons appris sa mort, nous avons tous pleuré. J'ai eu l'impression qu'on venait de m'arracher une partie de moi-même très profonde, malgré ce qui s'était produit deux jours avant, quand j'avais frappé à la porte de sa chambre d'hôtel. Mais après avoir vécu si longtemps avec ce manque, les années ont fini par le couvrir.

Pourtant comme les années passent lentement quand elles sont noires. Quand elles sont claires, en revanche, elles s'envolent, impossible de les attraper, de les arrêter, comme si quelqu'un vous poussait à avancer en vous disant, allez, allez, tu es en retard.

Maman arrivait toujours en coup de vent : « Au revoir, je m'en vais, ne me serre pas comme ça, tu vas froisser ma robe », se plaignait-elle quand je m'accrochais à ses jambes pour l'obliger à rester. J'ai l'impression d'avoir fait ça toute mon enfance, l'implorer. Elle ne m'écoutait jamais. Elle était comme ces années claires qui passent en volant, insaisissable, intangible, une espèce d'ange que l'on n'était même pas sûr d'avoir vu. « Vous emmènerez ma fille à son cours de violon », ordonnait-elle à la nounou. Le violon, c'était ce qu'elle avait trouvé pour que je ne la dérange pas. Quant à mon père, je ne sais pas trop. Lui, il était encore pire qu'un ange, il n'était jamais là, il ne se laissait pas voir. Un jour je demandai à la bonne si j'avais un père. « Mais bien sûr ! » s'exclama-t-elle, horrifiée. « Où est-il ? » voulus-je savoir en serrant la main de cette femme qui représentait mon seul contact humain à la maison, la seule qui m'écoutait, me grondait si je faisais quelque chose de mal. Elle s'appelait Clara. Elle n'était pas très jolie. Quand elle retirait son tablier pour sortir, elle s'aspergeait d'une eau de Cologne bon marché asphyxiante. Je la suppliais de ne pas la mettre, je l'invectivais, elle sentait fort, je faisais des grimaces, j'agitais la main pour dissiper cette odeur qui me donnait la nausée.

Berlin est une ville calme, mais elle cache un passé agité au sein d'un fleuve que j'ai besoin de revisiter. Mon passé agité se reflétait toujours dans les eaux pas si claires, pas si froides, du petit étang ornant le parc à côté de chez moi. Nous le traversions tous les mardis et jeudis après-midi pour nous rendre au conservatoire. Des enfants de mon âge se poursuivaient en criant, jouaient à cache-cache, se faisaient gronder par leurs gouvernantes. Je devais me rendre à mon cours, je ne pouvais pas m'attarder. Un jour où elle traînait plus que de coutume, Clara me raconta qu'il y avait des petites fées dans l'étang ; elles emportaient l'âme des enfants qui jouaient à s'y contempler. Cela me donna encore plus envie de rester. « Allez, viens, on va arriver en retard », insistait Clara en me tirant avec douceur mais fermeté. À cause du violon, je n'ai jamais vu les petites fées.

Je haïssais le violon.

« Ton père voyage beaucoup », me répétait Clara. « Ton père a beaucoup de travail. » Beaucoup de travail, oui, mais quand il venait, il me saluait de la même façon que les autres hommes qui se présentaient à la maison. Comment aurais-je pu deviner qui il était. Ma mère finissait toujours par s'exclamer : « Laisse-nous seuls maintenant, ma chérie, tu veux bien ? » ses grands yeux clairs me menaçant. « Si tu ne t'en vas pas, je te dirai quelque chose de laid devant ce Monsieur. » « Lequel est mon père ? » demandai-je à Clara. Elle me le décrivit. Parce qu'on ne m'avait pas appris à dire « papa » à qui que ce fût. Et dire « maman » ne me servait à rien.

Je vivais constamment avec l'impression d'avoir un petit trou dans l'estomac, et quand ma mère partait ou me rejetait parce qu'elle voulait rester seule avec l'un de ses invités, le trou s'agrandissait. Il me devenait insupportable, comme un ulcère qui me rongeait de l'intérieur et dont on ne pouvait freiner les dégâts. Je voyais ma mère disparaître hautaine et belle, par la porte de l'entrée, il ne me restait plus d'elle qu'un sillage de parfum délicat enivrant, et j'avais le sentiment qu'on m'éventrait. Au début, je faisais des scènes, je pleurais, je criais. Puis comme je m'aperçus que cela ne servait à rien, j'appris à faire semblant, à me composer une expression impassible, à la limite de l'insolence pour cacher que je mourais à l'intérieur de moi. J'appris le pouvoir des apparences. Et peu à peu je m'endurcis.

Maria

D'après ce que j'ai compris, au cours de ce concert, il est prévu quelques airs d'opéra parce que Monsieur avait aussi dirigé des opéras. Mais à moi, on ne me la fait pas. Je sais très bien ce qui s'est passé la première fois qu'il a dirigé un opéra, au Liceo. Enfin, pas exactement au Liceo parce que l'idée d'aller l'écouter ne m'avait même pas traversé l'esprit, mais je sais ce qui se passa à la maison avec cette cantatrice qui faillit casser toute ma vaisselle avec ses cris stridents. C'était bien longtemps avant que n'apparaisse Mark, à une époque où je m'étais habituée à ouvrir les baies vitrées qui donnaient sur le parc et à contempler la nature qui se recouvrait de différentes couleurs selon les saisons. De la salle de musique, que je ne pouvais nettoyer que tôt le matin, pendant que Monsieur prenait son petit déjeuner parce que ensuite impossible de savoir s'il en sortirait, me parvenait des airs de musique. J'avais oublié ma vie d'avant. J'avais laissé l'Andalousie loin derrière moi et aussi les deux ou trois maisons dans lesquelles j'avais travaillé avant de connaître Monsieur. Il faut reconnaître que dans ces emplois, je n'avais à m'occuper que du ménage alors que chez Monsieur, je faisais tout, sauf jouer de la musique. « Allez me chercher ces partitions dans cette boutique », me disait-il en me tendant une feuille avec une liste de noms inscrits dessus. J'allais aussi chercher des cordes pour son violon ou prévenir l'accordeur quand cela devenait nécessaire, comme si le piano souffrait, me disais-je. Monsieur me chargeait aussi d'aller chercher ses billets d'avion dans une agence de voyages. Je me liais d'amitié avec l'employée qui y travaillait parce qu'elle était sympathique et me recevait toujours avec un sourire gai, même si je crois qu'elle le faisait aussi parce que Monsieur était un bon client. Un jour, je demandai à la fille si elle avait déjà pris l'avion et comment c'était de voler. Elle me répondit qu'on avait mal au cœur.

Hier, je n'ai pas eu mal au cœur mais j'ai ressenti des impressions bizarres. Je me suis souvenue de la fille de l'agence qui n'est plus là parce que les années ont passé et qu'elle est partie à la retraite, comme je l'ai appris la semaine dernière quand je suis allée chercher mon billet. Tout a tellement changé ces dernières années et l'agence aussi, ils l'ont rénovée, elle est plus lumineuse plus spacieuse.

Quand on appela Monsieur pour diriger un opéra, il me prévint que les choses se compliquaient, qu'il serait souvent absent, qu'il viendrait certainement dîner avec beaucoup de monde, qu'il fallait que tout soit prêt. Ça se passa comme il l'avait prédit. Il disparut pendant un temps, sans rien dire, pas parce qu'il était mal élevé mais parce qu'il oubliait puis il réapparaissait seul ou accompagné. Il me disait : « Maria, ne nous dérangez pas. » J'entendais des voix animées mais parfois il n'y avait qu'une femme avec lui. Toujours la même, de plus en plus fréquemment.

La première fois que j'entendis cette femme, je trouvai qu'elle avait une voix très jolie. Quand elle riait, on aurait dit que des clochettes sonnaient, comme celle que nous avions dans la salle à manger et que Monsieur utilisait pour m'appeler. Par la suite, elle s'enferma dans la salle de musique avec Monsieur et chantait pendant qu'il jouait. Sa voix n'était plus aussi jolie, elle criait parfois comme une possédée au point que je m'inquiétais qu'elle finisse aphone à force de monter dans les aigus. La première fois que cela se produisit, j'étais en train de nettoyer le buste de Beethoven dans l'entrée. C'était le seul compositeur que je reconnaissais parce que chaque fois qu'il passait devant lui, Monsieur s'exclamait, quelque chose du genre : « *Gut'n Tag, Herr Beethoven* », comme s'il était vivant.

Collée contre le buste, mon chiffon à la main, frottant des recoins difficiles, j'entendais parfaitement ce qui se passait dans la salle. Parfois je me collais là exprès et, fascinée, j'écoutais parler, jouer ou chanter ces personnes qui paraissaient des anges du Seigneur parce qu'elles étaient aussi douées que l'organiste de l'église où j'allais écouter la messe le dimanche matin. Je n'avais pas l'impression de faire quelque chose de mal ni de laid, pas plus que le jour où j'écoutais la chanteuse jouer seule avec Monsieur essayant une chanson dans une langue qui ressemblait au castillan mais ne l'était pas puisque je ne la comprenais pas. J'appris par la suite que c'était de l'italien et que cela plaisait beaucoup aux gens qui fréquentaient le Liceo. Cette voix m'émerveillait, comme lorsqu'un camion, un gros, passe et couvre les autres bruits de la rue. Quels cris ! Je ne comprenais pas comment ils pouvaient sortir d'une personne. À côté de cette voix, on n'aurait pas entendu la mienne, même quand je chantais *Linda Paloma Mia*. Je fus si surprise par ce son, il me parut si inhumain, que je décidai de regarder comment elle faisait et m'approchai de la porte qui était dotée d'un trou de serrure et ne comportait pas de clé. Je collai mon œil au trou et les vis : Monsieur, de dos, jouait comme si sa vie en dépendait. Tout son corps gesticulait, il secouait la tête, et elle, blonde et grosse, avec des seins énormes, bien rebondis, serrés dans son corsage, menaçant de déborder, elle s'agitait aussi, mais les bras soulevés comme si elle se trouvait sur scène. Elle termina son chant par un cri capable de briser le cristal.

Alors que je m'apprêtais à sortir, il se produisit quelque chose d'incroyable. Monsieur se leva, s'approcha de la cantatrice, et, à ma grande stupéfaction, la prit dans ses bras et l'embrassa. Comme dans les films, ceux qu'ils oubliaient de censurer à la télévision, parce qu'à cette époque nous avions la télévision et nous la regardions de temps en temps. Je me couvris la bouche d'une main pour retenir mon cri de surprise et voulus m'éloigner mais quelque chose me retint. Je restai figée sur place, ce qui se passait sous mes yeux était plus fort que mes bonnes manières. Puis Monsieur poussa la femme vers le canapé. J'aurais dû partir mais une force supérieure me maintenait contre la serrure de la porte. Je demandai pardon à Dieu qui se montre toujours miséricordieux vis-à-vis de mes faiblesses et je ne peux pas raconter ce à quoi j'assistai, ce serait un outrage à la décence et une femme comme moi ne peut s'y résoudre.

Anna

Teresa est arrivée, il y a un moment. Elle s'échauffe, seule au milieu des autres musiciens, comme si elle aussi appartenait à l'orchestre. Je ne lâche pas la main de Mark. Je veux m'assurer que tout le monde a bien vu qu'entre lui et moi, il y a bien plus qu'une simple relation professionnelle entre un chef d'orchestre et sa violoniste. Tout le monde doit déjà être au courant, mais on ne sait jamais.

Maria s'avance vers sa place au parterre, elle traîne les pieds, la tête basse en domestique qu'elle est. Quelle barbe de partager le taxi et l'hôtel avec elle ! Heureusement qu'elle ne voyage pas avec nous. Je sais, mais je ne peux pas m'en empêcher, elle m'étouffe, elle me met mal à l'aise. Nous n'avons rien à faire ensemble. Nous n'appartenons pas au même monde. « Mais quelle idée d'inviter la bonne au voyage ? » ai-je dit à Mark, avec un étonnement sincère. « Parce qu'elle a vécu avec lui de très nombreuses années, bien plus longtemps que moi », m'a-t-il répondu d'un ton qui n'admettait pas de réplique. Et il est parti coupant court à la conversation. Mark est têtu. Quand il se met une idée en tête, pas moyen de l'en faire dévier. Mais emmener la bonne à un concert, à l'étranger, il ne me manquait plus que ça, franchement.

Je ne lui ai rien reproché. Je savais que c'était inutile. Comme toujours. J'ai essuyé le même refus quand j'ai tenté d'insinuer que Teresa ne soit pas invitée.

Teresa... Encore elle, après toutes ces années. Ma vie changea précisément à l'époque où je fis sa connaissance. Finis les cours particuliers dans cet appartement aux fenêtres sombres, aux partitions rangées dans des serviettes qui sentaient l'humidité et la misère. Finie cette odieuse traversée du parc rempli d'enfants insouciants alors que je devais retrouver ce professeur au nez aquilin qui m'obligeait à appuyer de toutes mes forces les doigts sur les cordes, en souffrant, disait-il, et collait les siens par-dessus mes phalanges, il me faisait mal à moi qui souffrais déjà intérieurement. Son regard planté dans le mien il me dit un jour qu'il voyait un gros nuage. « Où ça ? » lui avais-je demandé, déconcertée. « Là, dans ta pupille », répondit-il en me l'indiquant avec un doigt aussi crochu que son nez. Je rougis sans savoir pourquoi puis détournai les yeux. Il m'écrasa de nouveau les doigts sur les cordes en souffrant et je retins une exclamation de douleur et tentai de jouer, sans envie, comme tout ce que je faisais jusqu'à ce qu'un jour il éclata, à bout : « Clara, dites à vos patrons que cette enfant n'est pas faite pour le violon ! Oh et puis non, tiens, ne dites rien, je vais les appeler moi-même. »

Quand j'arrivai chez moi, le professeur avait déjà téléphoné. Maman me flanqua une volée de gifles. Cela lui arrivait de temps en temps. Elle me laissait des marques rouges sur les joues, mais ce jour-là, sa rage fut telle que je me retrouvai le visage cramoisi. Mon père, quand je sus exactement qui il était, ne leva jamais la main sur moi. Comme personne ne s'occupait de moi, je me fichais des remarques qu'on pouvait me faire. Par contre, les gifles de maman m'intéressaient, j'éprouvais du plaisir à les recevoir, elles me tenaient lieu de caresses, celles qu'elle ne m'avait jamais données. Elles étaient un peu violentes mais en fin de compte représentaient un contact entre nous différent du vêtement qui se tachait de larmes si je m'approchais trop. Je m'aperçus que maman était devenue très irascible depuis que l'homme qui se montrait le plus souvent chez nous avait disparu en claquant la porte. Déjà ce soir-là, elle m'envoya au lit avec des cris. Puis comme je rechignais, elle me flanqua une gifle. Le lendemain l'envie me prit de chanter à tue-tête pour qu'elle m'ordonne de me taire et que je ne lui obéisse pas. Ce qui me valut une autre baffe. Ensuite je renversai mon verre de lait sur sa belle robe du dimanche et en reçus deux autres. Cela ne fit qu'empirer. Je recherchais les gifles, je les désirais. « Mais qu'est-ce que qui te prend, Anna ? » me demandait Clara, horrifiée, « pourquoi la provoques-tu ? » Je ne lui répondais même pas, je riais un peu, cela m'amusait. J'avais découvert le plaisir de recevoir des grosses claques, un plaisir qui m'excitait chaque jour davantage et m'incitait à commettre des bêtises. La main de maman, chaude, me procurait un contact avec elle et c'était ce que je désirais le plus au monde.

Le jour où prirent fin mes cours particuliers de violon en souffrant, je ne reçus jamais autant de claques de ma vie. Je ne cessais de sourire tandis qu'elle me frappait de plus en plus furieuse parce qu'elle ne supportait pas mon attitude. Je le savais et je me forçais à sourire en soutenant son regard, impassible, consciente de mon endurance face à sa fragilité alors même que je recevais une raclée. J'avais mal, mais je ne sentais plus vraiment la douleur. J'éprouvais au contraire un plaisir infini, elle me touchait, elle me consacrait toute son attention, c'était moi qui l'exaspérais, moi qui la mettais dans cet état. J'entendis Clara crier : « Madame, ça suffit ! » Ma mère continua sans lui prêter attention, alors Clara s'interposa et nous sépara. À ma grande surprise, maman éclata en sanglots.

Clara m'indiqua par gestes de sortir tandis qu'elle s'occupait de ma mère. Je lui obéis et me rendis à la salle de bains, les joues brûlantes, étourdie, sans perdre mon sourire, en vacillant légèrement comme un culbuto. Je me contemplais dans le miroir en me touchant le visage. Ma mère possédait une bague qui avait tourné et la pierre précieuse m'avait fait une entaille. Je saignais. En souffrant, pensai-je. Sans pleurer, je me lavai le visage puis l'essuyai en essayant de faire beaucoup de taches sur la serviette.

Mark

Elle ne me laisse jamais tranquille. Je ne peux pas sortir seul dans la rue ni me promener en paix en profitant d'un décor comme celui-ci. Avec Anna, j'ai de nouveau la sensation d'être emprisonné, emmuré.

Je me souviens parfaitement du jour où le Mur est tombé. Nous avons tout laissé en plan, nous sommes sortis à pied comme des automates et ne nous sommes pas arrêtés avant d'arriver de l'autre côté. J'ai du mal à reconstruire mentalement ce mur que j'apercevais à tout instant, de loin, parce que s'en approcher était dangereux. C'était une construction compacte dans tous les sens du terme comme le prouvaient les nombreuses tentatives de fuite qui se terminaient par une issue tragique qui glaçaient le sang de ceux qui ne cessaient de s'évader en imagination.

Soudain, un beau jour, des trous se sont ouverts dans ce mur, des failles pleines de lumière qui menaient à la liberté.

Nous formions une marée humaine en quête d'un de ces passages qui enfin nous reliait au monde extérieur sans danger de mort. Mes camarades du conservatoire étaient venus me chercher la veille au soir et ils m'avaient raconté, avec des cris et des rires, que le Mur était tombé, qu'on pouvait passer de l'autre côté, qu'on ne tuait personne. Moi, très ému, je leur disais de se taire, on risquait de nous entendre, nous parlions toujours à voix basse, on ne pouvait pas hausser le ton, il fallait être discret, peindre discrètement, jouer de la musique discrètement, constamment surveillés par la police pour que nous comprenions que nous n'étions pas libres. Notre pays était un pays silencieux, un pays où l'on marchait sur la pointe des pieds, un pays où l'on entendait à peine le moteur des voitures. Et eux, ils criaient, ils me secouaient par les épaules : « Mark nous sommes libres, nous pouvons passer à l'Ouest ! »

Je ne suis pas parti ce soir-là à cause de ma mère. Elle était très mal et je ne pouvais pas la laisser seule. Mais elle vécut assez longtemps pour savourer la liberté, ça oui, parce que le lendemain, quand elle apprit l'extraordinaire nouvelle, elle se leva, s'habilla et vint me voir. « Mais qu'est-ce que tu fais, maman ? » m'exclamai-je en la voyant debout dans le couloir, vacillante, prête à sortir. « Viens ! » se contenta-t-elle de me dire. La douleur qui marquait son visage parut disparaître un peu pour laisser briller pendant quelques heures une lumière qui illumina ses traits, qui venait de ce trou ouvert dans notre mur éternel. Je n'essayai pas de la dissuader, je compris qu'elle avait besoin de vivre ces instants, qu'elle refusait de quitter ce monde sans savoir ce qu'il y avait de l'autre côté. Le Berlin-ouest qu'elle connaissait était le Berlin détruit par la guerre, une guerre qui l'avait vue naître et où elle avait grandi parmi des privations très dures. Elle qui était née et avait vécu en prison, maintenant il fallait qu'elle sache à quoi ressemblait la liberté. « Je veux voir ce qu'il y a là-bas », me dit-elle en saisissant son manteau et en se dirigeant vers la porte. Je l'ai suivie, je lui ai pris le bras et nous avons marché un bon moment jusqu'à ce trou que tout le monde franchissait allègrement. De l'autre côté brillait la liberté. « Tu trembles mon garçon », me dit-elle en souriant. C'était vrai, je frissonnais, j'avais peur de cet inconnu, même s'il était synonyme de liberté. À cette occasion, ma mère se montra la plus forte.

Aujourd'hui, alors que je n'arrive pas à comprendre comment nous avons pu vivre si longtemps dans une civilisation si arriérée, malgré tout, il me manque quelque chose : le silence, cette paix imposée qui nous obligeait à nous concentrer sur ce que nous désirions réellement. Il n'y avait rien pour nous distraire. Nous ne possédions que la musique. Avec mes amis, tous ceux qui vivaient dans mon quartier, le quartier des artistes, nous avions le sentiment de partager un secret : nous nous sentions libres grâce à l'art, à notre instrument ou à la peinture qui remplissait de couleurs notre place ou à la plume clandestine qui essayait d'éroder le régime.

Le bruit à Berlin-ouest était assourdissant avec toutes ces voitures plus nombreuses et plus rapides. Les gens ne marchaient pas à la même allure que chez nous, ils couraient, ils allaient trop vite pour savoir vers où ils se dirigeaient. On aurait dit qu'ils étaient tous pressés, en retard. Et tout était rempli de lumières aux couleurs aveuglantes avec des noms de marques publicitaires qu'à cette époque je ne connaissais pas du tout, et qui confirmaient un peu plus que le brillant occident, vu de l'autre côté, était le meilleur des mondes. Ma mère et moi observions tout bouche bée. « Bienvenus ! » s'exclamèrent quelques types qui nous offrirent une bouteille de vin et des gobelets en plastique. Ma mère et moi trinquâmes avec eux mais aussitôt après ils allèrent accueillir d'autres personnes qui nous suivaient de près. Nous avions avancé poussés par la foule. Une foule qui voulait dévorer le monde.

« Viens, mon garçon », me dit alors ma mère. Je me tournai vers elle et m'aperçus que ses douleurs étaient revenues, fichées sur son front. Elles ne la quittèrent plus jamais et l'emportèrent dans sa tombe. L'effort qu'elle avait produit ce jour-là avait certainement précipité le processus de la maladie. Je ne sais même pas comment elle avait eu le courage de sortir, dans quelles réserves elle avait puisé. Je dus la porter dans mes bras pour parcourir les derniers mètres. Malgré tout, tandis que je l'allongeais dans son lit, elle trouva la force de me dire avec un sourire qu'elle n'aurait pas voulu mourir sans voir ça.

Deux jours après elle me quittait. Ce fut le mois des morts pour certains, le mois de la liberté pour d'autres. Je l'enterrai et ensuite me demandai ce que je pouvais faire, alors que tout le monde partait, tentait de trouver une vie meilleure à l'Ouest. Je décidai de partir à la recherche de mon père. Je pris mon violoncelle, mes partitions, vendis le piano et atterris à Barcelone la veille de Noël.

Anna

— On commence s'il vous plaît !

Mark tape sur le chevalet avec sa baguette. Je prépare mon violon, sans un regard pour Teresa que je n'ai même pas saluée. Par contre, j'ai essayé de repérer Maria et à l'instant où je l'ai aperçue, j'ai remarqué ses yeux fixés sur les miens. Ils brillent d'une manière surnaturelle. C'est peut-être une sorcière. Une méchante sorcière devant moi et une garce qui joue du violon à côté de moi. Mais Mark m'appartient. Je veux qu'il m'accompagne au fleuve. Je dois retrouver mon âme et elle se trouve au fond de l'eau, peu importe quelle eau, elle y est prisonnière depuis le jour de l'étang à côté de la maison. « Tu m'accompagnes ? » ai-je demandé à Mark ce matin. « Vas-y seule, je dois répéter », a-t-il grogné. Je me retrouve seule. Je ne sais même pas où est ce fleuve. Il a peut-être cessé d'exister, comme Karl.

Karl est le premier homme que j'ai vraiment rencontré. Mon professeur de violon au nez aquilin était trop efféminé. Les amis de maman n'étaient rien d'autre que des frelons et papa je ne l'ai vraiment connu qu'après le départ de maman.

Par contre, Teresa m'ouvrit les portes du monde quand elle commença à me donner des cours. « Et ne crois pas que tu vas arrêter le violon ! » me cria maman après m'avoir copieusement giflée, un regard dangereux dans les yeux. « Tu vas aller au conservatoire. Plus de cours particulier, tu vas te retrouver avec d'autres élèves. » Tout le monde cela voulait dire les pauvres, ceux qui n'avaient pas les moyens de se payer un bon professeur. Comme à chaque fois qu'elle me parlait en me regardant fixement, je ne bougeai pas d'un pouce, impassible, en la provoquant par mon silence. « Tu m'exaspères ! Je ne comprends pas comment tu as pu devenir comme ça ! » conclut-elle avec un geste soudain de la main et elle disparut perchée sur ses talons aiguilles qui me fascinaient parce que je ne comprenais pas comment elle réussissait à marcher. Et alors je ne sais pas ce qui me prit, mais cela surgit brutalement, je perçus peut-être une faille en elle, dans le mur infranchissable que m'opposait cette femme que je désirais tant et que je haïssais tant. Je m'approchai d'elle par-derrière et la serrai dans mes bras. Elle s'arrêta un court instant, je n'entendis plus le cliquetis de ses talons et à ma grande surprise, elle me caressa la main. Puis comme si elle regrettait cet instant de faiblesse, elle se reprit tout de suite et me lança « Laisse-moi maintenant » sans m'obliger à lui lâcher la main mais en espérant que je le ferais de ma propre initiative. Et quand je le fis, elle partit sans se retourner.

Alors je revins sur mes pas et découvrit Clara qui avait assisté à toute la scène, le visage couvert de larmes silencieuses.

Maria

La cantatrice passe la première. Teresa et Anna joueront plus tard. Elle n'est pas aussi blonde ni aussi grosse que celle que fréquentait Monsieur. Mark lève la baguette, l'orchestre joue deux mesures et l'on entend soudain sa voix, plus douce, plus belle que celle de l'autre chanteuse. Sa voix me parvient là où elle doit me parvenir, au plus profond de moi, dans un endroit sensible qui ne résiste pas à cette invitation qui tremble et se réduit en morceaux sans que je puisse l'éviter.

Après avoir espionné Monsieur et la cantatrice ce premier jour, je décidai de me trouver un garçon qui m'embrasserait comme Monsieur le faisait avec elle, d'autant plus que la scène du canapé se répéta à chacune des visites de la cantatrice. Que Dieu me pardonne, je collai l'œil à la serrure chaque fois qu'elle venait. Après, Monsieur était beaucoup plus calme, comme si on lui avait enlevé un poids.

J'eus besoin de trouver un garçon qui m'embrasserait. Comme je ne sortais que les jeudis après-midi avec une amie, employée de maison, elle aussi, c'était difficile. Finalement, il arriva tout seul, je n'eus pas besoin de le chercher très loin. Je veux dire que je le trouvai non pas en sortant avec mon amie, mais en allant à la messe. C'était un garçon qui s'asseyait toujours au fond de l'église comme moi, parce que les gens de la bonne société s'installaient devant, et nous, nous nous serrions au fond. Je l'avais déjà repéré parce qu'il manifestait une grande dévotion. Et aussi parce qu'il semblait très seul. Un dimanche, alors que je sortais de l'église, il m'attendait dehors. Apparemment, lui aussi m'avait remarquée. Il me salua, se présenta, Pepe, et me demanda comment je m'appelais. Je ne le voyais pas très bien, c'était un de ces jours d'hiver ensoleillé et il était à contre-jour, placé entre le soleil et moi. Je ne savais pas s'il souriait ni quelle expression il avait mais il illumina ma journée. « On pourrait aller se promener », me proposa-t-il. Je lui répondis que j'étais d'accord. Et c'est ainsi qu'on commença à sortir ensemble. Nous allions nous promener dans le parc autour du bassin. Il me raconta qu'il vivait dans une maison très grande avec ses parents, que cela faisait très longtemps qu'ils étaient au service de leurs employeurs. « J'ai toujours joué avec les enfants de la maison », dit-il en levant le menton pour se donner de l'importance. Il sortit un cigarillo en me demandant si je fumais. Et moi qui ne fumais pas, je mentis. Je pris le cigarillo et l'imitai, c'est-à-dire j'aspirai la fumée. Prise d'une quinte de toux, je crus mourir asphyxiée, je toussai sans pouvoir m'arrêter, je ne pouvais plus respirer. Il me donna de petites tapes sur l'épaule et me dit avec un sourire que si je n'aimais pas ça, je ne devais pas me forcer. Je me levai du banc où nous nous étions assis et tandis que je séchais mes larmes provoquées par la fumée et la toux, je lui dis que je devais rentrer. Il m'imita et me proposa en souriant : « On se revoit dimanche prochain alors ? » J'acceptai tout en notant qu'il lui manquait deux dents. Il me plut un peu moins mais je me consolai en pensant que cela ne l'empêcherait pas de m'embrasser comme Monsieur le faisait avec la cantatrice. Aussi n'y accordai-je pas trop d'importance.

Les dimanches étaient différents des autres jours. Ils étaient différents parce que j'allais à la messe très tôt et qu'au retour je retrouvais toujours Monsieur assis sur le canapé les yeux fermés, agitant une main, comme s'il dirigeait, écoutant un de ces airs qui semblent ne pas avoir de fin, qui ne comportent pas de paroles. Maintenant je sais qu'il s'agissait du *Concerto pour deux violons* d'un certain Bach qui se prononce avec une jota castillane, mais pas aussi fort comme Monsieur me l'apprit plus tard alors que je connaissais ce morceau par cœur et lui avais même inventé des paroles pour m'amuser en décrivant ce que je faisais lorsque par exemple je passais le plumeau sur le buste de Beethoven. J'avais appris à prononcer son nom et à dire « *Gut'n Tag* » comme Monsieur. Je chantais tout bas, et après, alors que suivait un passage plus lent qui paraissait être fait pour danser, je posais mon chiffon, je prenais le balai et je me lançais. Puis la musique reprenait un rythme plus rapide et je me remettais à chanter. En inventant des paroles. Tous les dimanches, c'était pareil jusqu'à ce que, comme il fallait s'y attendre, un jour, Monsieur me surprit. Je virevoltais avec le balai les yeux fermés, et je chantonnais pour me bercer en suivant la mélodie quand soudain je trébuchai et tombai par terre avec un cri. Je m'étais accrochée à la chaussure de Monsieur. Cela me mit en colère, à ma grande surprise et à la sienne bien sûr. « Mais enfin, vous pourriez faire attention ! » m'exclamai-je, furieuse. Je m'en voulus aussitôt. Qui étais-je pour parler sur ce ton à Monsieur ? C'était le monde à l'envers. Je m'excusai sur-le-champ, rouge comme une tomate. Mais Monsieur éclata de rire, comme lorsque nous prenions notre chocolat dans la cuisine et qu'il piquait un fou rire. Il m'aida à me relever, me poussa vers la salle de musique et m'obligea à m'asseoir sur le tabouret.

— Que faites-vous, Monsieur ? me plaignis-je.

— Ça suffit Maria, vous chantez très bien, vous dansez très bien, vous aimez donc la musique, n'est-ce pas ?

— Eh bien oui mais... protestai-je.

— Mais rien du tout ! me coupa-t-il. Donnez-moi votre main.

Je lui tendis la main droite. J'avais honte. J'avais peur de sentir le désinfectant, et puis elle était abîmée, ce n'était pas la main d'une dame. Cela ne sembla pas le gêner, il me prit les doigts, les posa sur les touches du clavier et pressa sur le pouce en disant « *do* » tandis que je produisais un son et répéta le même geste avec l'index en disant « *ré* », puis « *mi* », « *fa* » et « *sol* ». Alors je crus que toutes les lucioles que j'avais aperçues un soir dans le parc depuis la fenêtre de la salle venaient m'illuminer le cœur et aussi je sentis que sans pouvoir l'éviter, des larmes d'émotion coulaient sur mes joues impossibles à contenir. Monsieur s'arrêta et me dit :

— Maria, vous allez apprendre à jouer du piano.

Je tournai la tête vers lui, bouche bée, et alors qu'il partait déjà je l'arrêtai d'un :

— Monsieur ?

Il se retourna :

— Oui ?

— Mais nous ne le dirons à personne, n'est-ce pas ?

Il a souri :

— D'accord, ce sera notre secret.

Et il me laissa tandis que je séchais mes larmes.

Les autres larmes, celles qu'avait provoquées la fumée de la cigarette, elles étaient déjà sèches quand je rentrais à la maison. Il n'y avait pas un bruit dans la maison. Monsieur avait déjà fini d'écouter le concert de Bach. Je sentis mon cœur se serrer. Alors je le vis apparaître derrière le buste de Beethoven.

— Vous rentrez bien tard aujourd'hui, fit-il d'un air amusé.

— Oh, je n'ai pas vu passer le temps ! répondis-je en me retournant pour qu'il ne me voie pas rougir.

— Vous êtes prête pour votre leçon ? me proposa-t-il.

— Mais quelle leçon ?

— De piano, voyons.

Je tardai à réagir.

— Ah oui, bien sûr.

Je le suivis dans la salle de musique tout en retirant mon manteau d'une main et mon bonnet de l'autre.

— Aujourd'hui vous ne donnez pas de cours de chant ? insinuai-je.

Il ne saisit pas l'allusion et se contenta de répondre :

— Non, c'est fini, maintenant je prépare des concerts avec l'orchestre.

Je ne fis aucun commentaire, je me laissai guider. Monsieur me prit les doigts avec délicatesse et me fit monter et descendre ce qu'on appelle une gamme, de *do* à *do*, en passant le pouce en dessous des autres doigts parce que la gamme compte huit notes et ma main seulement cinq doigts et qu'il faut bien sortir les trois autres de quelque part.

— Maintenant, voyons la gauche, dit-il.

Il m'aida à répéter le même geste. Puis j'exécutai la gamme seule.

— La semaine prochaine, on essaiera les deux mains, vous verrez.

Je serais bien restée. J'aimais bien ce mouvement, et quand on savait le faire vite, ce devait être toute une surprise pour qui l'écoutait. Jouer du piano n'était peut-être pas si compliqué. Une simple Maria pouvait y arriver avec un peu de volonté.

Cette semaine-là il y eut plusieurs événements importants. En premier, j'appris à monter et descendre les gammes avec les deux mains. Cela me paraissait merveilleux, incroyable et pourtant j'y arrivais. L'émotion me submergeait chaque fois. Monsieur lui aussi paraissait très satisfait. Il m'applaudit et me dit : « Je pense qu'on a mérité un bon chocolat crémeux. »

Ensuite, la deuxième chose qui se produisit, fut qu'au milieu de la semaine, on sonna à la porte, et quand j'allai ouvrir, c'était la cantatrice, je veux dire celle des baisers et du canapé. Avant même que j'eus le temps d'ouvrir la bouche, elle me poussa d'un coup de coude et se dirigea vers la salle de musique où Monsieur travaillait. « Que voulez-vous… ? » commençai-je à dire et c'est aussi ce que Monsieur lui dit « Que fais-tu ? » Mais il ne put poursuivre parce qu'elle lui flanqua une gifle magistrale, de celle qui résonne dans toute la rue. On venait de laisser sec Monsieur. Avant de partir, la femme dit : « En fait, tu ne me voulais que pour l'opéra ! » Elle sortit, très digne, la tête haute, en séchant une larme qu'elle ne parvint pas à cacher.

La troisième chose fut que le garçon m'embrassa. Il me remplit la bouche d'un goût de fumée, je ne savais pas si j'aimais ça ou pas mais au bout du compte c'était un baiser comme celui de Monsieur et de sa cantatrice. Il glissa sa langue dans ma bouche et je ne savais pas si je pouvais respirer. Ensuite il me sourit, sans ses deux dents de devant, et me demanda si ça m'avait plu. Je répondis oui parce que je ne pouvais pas dire autre chose. Il me raccompagna, en passant le bras sur mes épaules. Et je glissai le mien autour de sa taille. Juste avant de me quitter, il m'embrassa de nouveau.

J'ouvris la porte et tombai sur Monsieur qui faisait une drôle de tête que je ne sus interpréter. « Vous avez un fiancé, je vous ai vu par la fenêtre », me dit-il. « Oui », répondis-je, sachant qu'il était impossible de nier. Monsieur passa en silence à côté de moi avant de disparaître vers sa chambre où il n'allait jamais sauf pour dormir. Avant de monter les marches il me regarda et déclara « C'est que vous êtes jolie. Très jolie. »

Je me précipitai vers le miroir. Comme s'il y avait eu un tremblement de terre et que soudain, tous les oiseaux du parc s'étaient envolés pour se poser sur ma tête en se mettant à piailler tous ensemble en même temps. Je contemplai mon reflet pendant quelques instants et ce jour-là, moi aussi je me trouvai belle.

Anna

Juste avant le début du concert, Mark me lance un regard qui ne me fait ni chaud ni froid. Le premier regard de Karl en revanche m'atteignit au plus profond de moi-même. Il me blessa et cela faisait très longtemps que cela ne m'était pas arrivé. « Entre », me dit-il dans ce sabir étrange qu'il utilisait, fruit d'un mélange à parts égales de catalan, de castillan et d'allemand. Je le suivis jusqu'à la salle où se trouvait son piano. Je croisai Mark dans le couloir. Il n'était personne à cette époque, juste un jeune homme qui n'avait pas encore trente ans, étudiait la direction d'orchestre et vivait des succès de son père. Il me salua puis disparut. Ce jour-là, je ne vis pas Maria, elle devait être en congé parce que, quand elle était là, elle apparaissait dans tous les coins, et cela n'a pas changé. Cette femme est pire que la peste.

Karl s'installa au piano et me demanda de jouer tandis qu'il se chargeait de la partie du violon, celle que devait interpréter Teresa, bien que je ne sus pas encore qu'il l'avait choisie. J'avais sorti mon violon d'étude. La fois suivante, comme je voulais l'impressionner, j'emportai mon Stainer. « Il est magnifique ! » s'exclama-t-il, puis il fit une mine étrange comme s'il avait reconnu quelque chose. « Tu permets ? » me demanda-t-il en me le prenant des mains pour l'examiner de plus près. Il effleura du doigt la petite tache qui correspondait à une rayure que Teresa avait fait réparer, comme elle me l'avait expliqué. Puis il regarda l'esse et lut les lettres à l'intérieur, comme pour s'assurer qu'il s'agissait vraiment d'un Stainer.

Mais je m'avance. Le premier jour de notre rencontre, il m'interrompit immédiatement d'un « Assez ! » abrupt. Puis il ajouta « L'autre violoniste a trop d'âme, et toi pas assez. Où la caches-tu donc ? » Sa remarque me décontenança, je fus incapable de lui répondre. Personne ne m'avait jamais parlé ainsi. Il me lança un autre regard avant d'ajouter : « Tu joues terriblement bien, si bien que cela fait peur. » Je me suis sentie grandir de l'intérieur. Puis il a poursuivi : « Néanmoins, ton interprétation manque de cœur. »

— Bach n'a pas de cœur, objectai-je.

— Peut-être, mais il a une âme.

Un silence pesant s'installa. Je m'étais dégonflée comme une baudruche. Je crus que c'était fini, que j'avais raté l'opportunité d'une tournée avec ce chef d'orchestre qui représentait un rêve pour moi. Alors il me regarda de nouveau pour me demander qui m'avait enlevé mon âme. « Je ne sais pas », lui répondis-je en haussant les épaules, en me demandant s'il parlait sérieusement.

Mais je mentais, je le savais très bien. Mon âme avait disparu le jour où ma mère m'avait quittée pour ne plus jamais revenir. Un beau matin, elle n'était plus là. Je pensai qu'elle était partie en voyage mais Clara qui n'arrêtait pas de pleurer finit par m'annoncer que ma mère ne reviendrait jamais. Au début je ne compris rien, puis Clara m'expliqua que ma mère avait laissé un mot à mon père en lui disant qu'elle partait parce que personne ne l'aimait ni n'avait besoin d'elle.

Je sortis de chez moi et me dirigeai vers l'étang du parc. J'avais quatorze ans, je ne croyais plus à ces histoires de petites fées. Mais je suis persuadée que les eaux sur lesquelles flottaient les nénuphars roses et leurs amples feuilles emportèrent le peu d'âme qui me restait, celle que des années plus tard me réclamerait Karl. Pleine de remords, je crus que ma maman était partie à cause de moi, elle avait imaginé que je n'avais pas besoin d'elle. Mes larmes se mirent à couler et je passai l'après-midi sur un banc à pleurer. Alors que je me livrais au chagrin, l'étang qui avait avalé mon âme demeurait impassible, comme je le faisais quand ma mère me frappait. Peut-être faisait-il semblant lui aussi.

Lorsque la nuit tomba, je rentrai chez moi d'un pas lent. Et alors je fis la connaissance de mon père.

Teresa

Anna ne me dit pas un mot sur le départ de sa mère, mais je sentais qu'elle n'était pas tout à fait comme avant et après quelques jours, profitant de ce que la fillette allait aux toilettes, sa nounou entra discrètement dans la salle et m'apprit la nouvelle. « Elle vit avec son père maintenant », m'expliqua-t-elle.

— Mais elle n'en a jamais parlé ! m'étonnai-je.

— Parce qu'il n'était pas là, mais il s'est installé chez nous.

Des pensées enveloppées dans la musique, présentes et passées, mes pensées sont toujours enveloppées de musique. Alors que la lumière des projecteurs m'aveugle, j'ai l'impression qu'avec Bach, toute ma vie se trouve soudain exposée. Bach est trop précis, trop clair. Comme la nouvelle situation d'Anna que venait de m'apprendre Clara. Mon élève devina rapidement que nous avions parlé et consciente de la gêne provoquée par la situation je me limitais à :

— Si tu as besoin de quoi que ce soit, je suis là.

— Merci, se contenta-t-elle de répondre avant de se concentrer de nouveau sur la partition que je lui avais préparée.

Anna grandit sans sa mère et la mienne était âgée. Mais elle m'avait donné la musique, elle me l'avait présentée sur un plateau d'argent. Quand la professeure de musique m'avait dit d'apporter mon violon, qu'on verrait comment il sonnait, qu'on essaierait de jouer quelque chose, je l'avais écoutée sans rien dire, des larmes douces couvrant mon visage sans que je puisse les retenir.

— Ah ma petite ! me dit-elle, très émue, on va voir si là-dedans, il n'y a pas une petite musique, en montrant mon cœur.

Oui, il y avait une musique et cette musique c'était moi. Le lendemain, j'apportai le violon à l'école. Mais d'abord en arrivant à la maison, je me précipitai pour embrasser ma mère, sans pouvoir m'empêcher de pleurer. Elle me couvrit de baisers tout en me disant qu'elle regrettait de ne pouvoir m'offrir des cours de violon. Mais peut-être un jour, qui savait.

Ce qui se produisit plus rapidement que prévu. La professeure, qui était pianiste, savait cependant comment placer les doigts sur le violon et appuyer sur les premières cordes pour qu'elles résonnent alors qu'elle faisait glisser l'archet.

— Tu dis que tu l'as trouvé à la décharge ? s'étonna-t-elle d'un air admiratif.

— Oui, et il était fendu, ici.

Je lui montrai la petite fissure de l'instrument.

— Ça, ça peut s'arranger me rassura-t-elle.

Elle me prit le violon des mains. Je crus mourir. Furieuse, je m'écriai :

— Non, il est à moi !

Elle sourit :

— Ne t'inquiète pas, je veux juste l'examiner.

Elle se pencha sur l'esse et remua les lèvres comme si elle lisait quelque chose à l'intérieur. Je sais aujourd'hui qu'elle découvrait que le violon était un Stainer de 1672, et je ne comprends toujours pas comment j'ai pu m'en séparer, mais bon, c'est une autre histoire. Moi, à l'époque cela m'était égal que ce soit un Stainer ou un Sadurni. La maîtresse poussa un long sifflement et me contempla, stupéfaite. D'un air grave, elle m'exhorta :

— Ne le laisse à personne, tu m'entends ?

J'acquiesçai mais en fait elle n'avait pas besoin de me le dire, parce que je ne comptais pas laisser mon instrument à qui que ce soit. Pas parce que c'était un Stainer, mais parce qu'il s'agissait de mon violon, qu'il faisait de la musique. Alors elle m'apprit à produire avec le violon les mêmes sons qu'elle tirait de son piano. À cette époque, je ne savais même pas que ça s'appelait une gamme. À la fin des cours, je partis à la plage pour pratiquer. Là, au bord des vagues, je fis de la magie pour la première fois avec cet instrument qui était plus qu'un violon, presque comme le père que je n'avais pas. Je répétai des heures durant les mêmes exercices. Le lendemain je m'attardai après la classe pour montrer à l'institutrice ce que je savais faire. Elle me félicita et alla chercher la partition d'une chanson toute simple. Elle inscrivit au-dessus de chaque note leur nom. Puis elle me dit :

— Reviens la semaine prochaine et nous travaillerons. En attendant, tu dois apprendre ces notes par cœur et jouer ce morceau.

Je retournai à la plage chaque fois que je le pouvais et m'exerçai, les doigts couverts d'ampoules. Mais cela m'était égal, je ne sentais pas la douleur, je voyais seulement que peu à peu je parvenais à tirer une mélodie de cette boîte en bois. Je réussissais à attraper la musique, je l'avais, elle était presque mienne. Au bout de quatre ou cinq semaines, l'institutrice convoqua ma mère et lui dit qu'elle ne pouvait rien m'apprendre de plus, que je devais prendre de véritables leçons de violon. Elle accompagna cette phrase d'un sourire et d'une phrase qui se révéla magique :

— Elle aura une bourse pour étudier.

J'entrai au conservatoire et obtins mon diplôme à vingt ans. Deux ans plus tard, je devenais professeure à mon tour. Grâce à mon salaire, ma mère put arrêter de faire des ménages, même si elle continua à coudre. Ma vie changea également. Je continuais à frotter les sols, au risque de m'abîmer les mains, souffrant le jour parce que je ne pouvais pas étudier comme je le voulais, retournant la nuit à la plage, été comme hiver, pour ne pas gêner, les mains gantées de mitaines quand il faisait trop froid. Et tandis que je faisais la vaisselle chez des particuliers, je révisais mentalement les partitions que je devais interpréter le lendemain. Quand j'emmenais des enfants au parc, quand je marchais dans la rue, quand je prenais l'autobus, je bougeais les doigts à l'intérieur de mes poches pour ne pas perdre mon agilité. Si je voulais devenir violoniste, je ne pouvais me le permettre. Et c'était ce que je désirais le plus au monde.

Anna

Le premier violon de l'orchestre s'appelle Maties, comme mon père, enfin l'homme que je finis par découvrir après le départ de ma mère. Mark fait signe à l'orchestre de s'arrêter puis lui demande d'accélérer un peu le rythme. Maties acquiesce et l'orchestre comprend qu'il faut jouer un peu plus vite.

Ma vie changea radicalement à quatorze ans. Papa apparut dès le lendemain de la disparition de ma mère. Il faisait partie de ces visiteurs qui allaient et venaient mais il ne restait jamais longtemps, il ne me souriait jamais ni ne m'adressait la parole.

— C'est incroyable comme tu as grandi ! s'exclama-t-il ce jour-là en me contemplant d'un air ravi qui me surprit.

Franchement, je n'en revenais pas, comme si j'avais la berlue. Ma surprise fut encore plus grande quand il me demanda comment se passaient mes cours de violon. Après le premier moment de stupeur je répondis :

— À présent ça va.

— Que veux-tu dire ? me demanda-t-il, intrigué.

Nous étions dans la salle à manger. Après avoir passé tant d'années à prendre mes repas dans la cuisine avec Clara pour seule compagnie, dorénavant j'avais quelqu'un avec qui partager la table. Je n'étais pas certaine d'apprécier que ce parfait inconnu s'installe à mes côtés comme si de rien n'était après quatorze ans de quasi-absence. Mais je me sentis obligée de répondre et je lui expliquai que je n'aimais pas mon précédent professeur, que par contre le conservatoire me plaisait et que maintenant j'aimais aussi le violon.

Je lui dis les choses ainsi parce que je ne savais pas comment l'expliquer. Je ne savais pas comment dire qu'à treize ans quand mes yeux ne savaient pas où se poser en traversant le parc, quand le désir irrésistible d'aller jouer avec les autres enfants ne me tenaillait plus, j'avais découvert qu'un instrument, mon violon, était tout ce que j'avais, la seule chose que je possédais dans la vie. Pendant un temps, j'avais cru avoir Clara mais elle se fiança et m'expliqua qu'elle allait se marier et partir. Elle s'excusa auprès de mon père :

— Si vous voulez, je viendrai faire des heures mais je ne peux plus vivre ici.

Mon père lui répondit que ce n'était pas la peine, parce que nous avions besoin de quelqu'un à domicile.

Il ne me restait donc plus que le violon. Comme aujourd'hui. Je joue comme si ma vie en dépendait, je joue à réfuter tout ce que Teresa me dit avec son violon et parfois, nous nous regardons dans les yeux et on dirait que nous sommes en guerre. Une guerre qui éclata à cause de mon père.

Je me souviens qu'il s'était reculé sur sa chaise et qu'il avait sonné pour que Clara serve le dessert. Il prit un air sérieux pour déclarer :

— Tu sais, c'est moi qui ai voulu que tu apprennes le violon. J'ai une vocation frustrée. Je voulais apprendre à jouer, mais mes parents n'ont rien voulu entendre, on m'a obligé à étudier pour diriger des entreprises, tu vois, et il n'y avait pas assez d'argent pour autre chose. Tu es allée chez un professeur qu'on m'avait recommandé mais selon ta mère, tu n'apprenais rien alors que maintenant tu travailles bien, n'est-ce pas ?

— Mais oui.

Que répondre d'autre ? Donc c'était à cause de lui que j'avais étudié avec le violoniste au nez aquilin en souffrant pendant je ne sais combien d'années. Je le haïs en silence. Je bus une gorgée d'eau puis je lançai mon offensive

— Pourquoi tu n'étais jamais là ?

Ma question ne sembla pas du tout le gêner. Au contraire, comme si cela avait été la chose la plus normale du monde, il me répondit, après avoir réfléchi un moment :

— Tu veux la vérité ? C'était impossible de vivre avec ta mère.

Là-dessus, nous sommes d'accord, pensai-je. Mais je n'ai rien dit parce que je voulais qu'il continue. Papa reprit :

— Il a fallu que je vive ma vie comme elle vivait la sienne de son côté, mais ne l'oublie pas, je suis toujours venu même si c'était pour des questions de papier, une fois par mois. Il y a quelques années, j'ai loué un appartement assez loin d'ici.

Il m'annonça cela d'un air tranquille. À l'intérieur de moi hurlait une voix surgie d'un abîme sans fond, une voix qui criait : et moi alors ? Pourquoi tu ne me saluais même pas quand tu venais, pourquoi ne m'embrassais-tu pas, pourquoi ne permettais-tu pas que je sache qui était mon père ? La voix continuait à crier, mais seulement à l'intérieur, je n'ai rien dit à voix haute. Par contre j'ai déclaré, sachant que j'allais lui faire du mal, alors que je m'apprêtais à mordre dans une bouchée de gâteau :

— Je ne savais pas lequel de ces hommes était mon père, je ne me souvenais même pas de toi.

Je vis à son regard que je venais de le blesser. Il cessa de manger. Je me régalai de cette victoire face à l'ennemi, mon père, autant que du gâteau que je dégustais. Il n'ajouta rien de plus.

Ensuite, je sortis contempler l'étang. Les eaux étaient calmes et silencieuses. C'était la fin de la semaine, il n'y avait pas d'enfants, juste un couple qui promenait son chien. Je contemplai mon âme, là, au beau milieu des nénuphars. Je la vis, je vis mon âme, et je la vis tous les jours jusqu'à ce qu'elle disparaisse. Elle avait dû s'évaporer avec le soleil. J'imaginai que semblable à l'eau elle tomberait sous forme de pluie dans une rivière, un lac ou la mer. Depuis je la cherche de fleuve en fleuve, d'étang en étang, de rivage en rivage, et quand je m'approche, j'ai l'impression que je l'entends grogner et se plaindre. Mais elle se laisse seulement entendre, jamais attraper.

Ce jour-là, quand mon âme ne s'était pas encore évaporée, je rentrai à la maison et annonçai à mon père qu'il fallait que j'achète de toute urgence un violon, que le mien était devenu trop petit. Mon père me fit un sourire sans envie mais cela m'était égal, je savourais la sensation de le traîner par terre.

— Tu auras ton violon, finit-il par dire, mais j'aimerais rencontrer ta professeure pour savoir de quoi tu as besoin exactement.

Mark

Mon père avait une véritable obsession pour le *Concerto pour deux violons* de Bach, c'est ce que ma mère me disait. Elle grognait tous les dimanches au réveil quand elle l'entendait, de bon matin. Mon père faisant semblant de le diriger d'une main, les yeux fermés, en pleine extase, comme ensuite je le verrais le faire à Barcelone, les dimanches, sur le canapé, la main levée, les yeux fermés. Et parfois, l'après-midi, me racontait ma mère, il sortait avec ses amis musiciens et sur la place ils improvisaient des veillées en jouant Bach et toujours, toujours il faisait le second violon et un autre ami le premier, les autres instrumentistes faisant semblant de composer un orchestre complet. Dans cette période d'après-guerre, ils jouaient pour tromper la faim. On venait de tout Berlin pour les écouter, et elle, ma mère faisait partie du public qui assistait au concert malgré le froid, la faim et le couvre-feu imposé dans la ville. C'était une oasis d'art et de chaleur, me racontait-elle. Ils se connurent ainsi. Il mourait de faim, me disait ma mère en souriant, mais il n'a jamais abandonné son violon, il ne voulait pas le vendre, il l'adorait. Elle voulait parler d'un Stainer comme celui que possède Anna. À elle, m'a-t-elle dit, on le lui a offert. Mon père avait hérité du sien d'un grand-père autrichien que je n'ai pas connu.

Ma mère évoquait aussi souvent l'époque où mon père, devenu chef d'orchestre, commença à acquérir une certaine renommée. Son rêve était de diriger le *Concerto pour deux violons* avec les interprètes qu'il admirait et qui étaient déjà âgées. Passionné par leur talent, il voulait à tous prix les faire jouer avant qu'elles ne prennent leur retraite. Il y parvint, il fit une tournée à travers toute l'Allemagne de l'Est avec elles. Cette prouesse lui valut une réputation qui traversa les frontières et les murs. Bien sûr, à force de tant étudier le *Concerto*, plaisantai-je et ma mère en serrant les lèvres me répondit : « Et de les étudier, elles. » À cette époque je n'avais pas compris ce qu'elle insinuait mais je n'avais pas osé répliquer. À son retour, ma mère l'attendait, les valises bouclées. Les siennes. Peu de temps avant ma naissance. Quand j'ai eu l'âge de demander si j'avais un père, ma mère me raconta qu'elle s'était séparée de lui avant ma naissance et que mon père était peut-être un excellent musicien mais que c'était surtout un coureur.

Aujourd'hui, alors que le concert est sur le point de commencer, avec la pièce de prédilection de mon père, le duo de Bach, je me demande comment ma mère a pu croire que mon père courait derrière ces femmes. J'ai l'impression qu'elle était jalouse parce qu'elle ne pouvait lui donner ce qu'elles lui donnaient, elle ne pouvait s'approcher de l'extase musicale qu'il atteignait avec les violonistes. Je le sais parce qu'il m'arrive la même chose, et parce que maintenant avec Anna nous avons un autre type de relation, mais pas avec Teresa. Avec elle, il s'agit seulement de musique. Cela ma mère ne l'a jamais compris.

Mon père n'a pas seulement quitté son domicile conjugal. Le gouvernement voulait le promouvoir, c'était un de ses artistes phares, et après l'avoir exhibé dans les principales capitales de l'Est, comme Saint-Pétersbourg, Budapest, Prague, Dresde, ils l'ont fait parader à l'Ouest. Il se produisit ainsi dans les principales capitales européennes avant de finir à Barcelone où on lui proposa de rester. Il accepta, convaincu que personne ne l'attendait plus derrière le Rideau de fer. Il n'apprit mon existence que le jour où je sonnai à sa porte la veille d'un Noël, un mois après la chute du Mur de Berlin.

Maria, la même Maria qu'aujourd'hui, qui semble ne pas comprendre pourquoi on l'a fait venir, m'ouvrit la porte. Elle s'exprimait dans ce qui me parut être un dialecte espagnol très bizarre. J'appris par la suite qu'il s'agissait d'un andalou saupoudré de catalan. À cette époque, j'eus du mal à la comprendre, j'avais à peine pris quelques cours d'espagnol. Elle était habillée comme les serveuses de l'hôtel qui se trouvait à côté de chez moi, à Berlin, d'un uniforme marron et d'un tablier blanc. Je n'avais jamais vu personne ainsi vêtu chez un particulier de sorte que je crus m'être trompé. Pourtant, quand je donnai le nom de mon père, elle me demanda d'attendre un instant d'un geste de la main. Peu de temps après, mon père apparut.

Je regarde devant moi.

— Prêtes ? dis-je en levant la baguette.

— Un instant s'il te plaît, déclare Teresa qui place l'instrument sur son épaule.

Je jette un coup d'œil sur Anna. Elle est prête. Comme toujours. Et elle se montre impatiente. Surtout avec Teresa. Quand elle joue, une ride se forme sur son front, elle ferme les yeux et ses lèvres deviennent plus désirables que jamais. Plus que la première fois où elle me sourit, ou lorsqu'elle jouait avec mon père et que je crevais de jalousie de la sentir si proche de lui.

Mon père se présenta à la porte en quatre enjambées. Grand, musclé, il possédait une carrure impressionnante. La femme en tablier avait disparu. Je m'adressai à lui en allemand, je lui dis que j'arrivais de Berlin-est. Intéressé, il m'invita à entrer avec un grand sourire. Je le suivis jusqu'à une grande salle disposant de hautes fenêtres donnant sur un parc rempli d'arbres. Il m'invita à m'asseoir et secoua une clochette qui fit venir Maria. Il m'offrit un thé et j'acceptai d'un signe de la tête, bouche bée face à ce luxe auquel je n'étais pas habitué. Et alors, une fois le thé servi, mon père dit tout simplement : « Je t'écoute », en croyant que je venais avec une demande de la part de quelqu'un. Il ne s'attendait pas du tout à ce que je lui annonce que j'étais son fils. Après un moment de stupeur il me demanda de répéter ce que je venais de dire.

— Eh bien, d'après ce que m'a raconté ma mère, vous êtes mon père. Je suis né peu de temps après votre séparation.

Mon père, le grand chef d'orchestre Karl T. me contempla interloqué. Il devait se demander si j'étais un charlatan ou fou. Je sortis mon passeport tout neuf, et le lui tendis. Il l'examina. Il y était écrit que j'étais son fils. Mon nom était le même que le sien.

Il finit par réagir. Il se leva et voulut aussitôt téléphoner à ma mère. « Elle est morte », lui appris-je. Il se rassit puis demeura immobile, en état de choc. Ce qui était naturel puisqu'en quelques secondes à peine il venait d'apprendre que son ex-femme était morte et qu'il avait un fils de vingt-huit ans. Je sortis une lettre de ma poche que ma mère avait écrite avant de mourir et dans laquelle elle lui expliquait tout. Ils se parlaient de temps en temps au téléphone, il se préoccupait de sa vie, même si elle ne lui avait jamais révélé mon existence parce qu'elle ne voulait pas qu'il essaye de lui enlever son fils. Étant donné les circonstances, si je passais à l'Ouest, ma mère ne pourrait plus me revoir. Elle m'avait donné cette lettre peu de temps avant de mourir : « Va le voir, apporte-lui ce mot », m'avait-elle demandé. J'accomplissais son dernier souhait.

On dirait que Teresa est prête. Je frappe le chevalet de ma baguette.

On commence.

Une fois le choc passé, mon père me contempla avec ces yeux bleus dont ma mère m'avait dit que j'avais hérité et me dit :

— Il est écrit ici que tu es musicien. Reste.

Et je restai.

Maria

Je ferme les yeux et je me laisse porter par la musique comme lorsque j'étais à la maison et que j'époussetais le buste de Beethoven. La musique me transperce le cœur. Comme ce violon sonne bien. Je sais que c'est celui d'Anna. Cela me fait sourire malgré moi. C'est mon secret.

« Regardez le piano ! » m'ordonnait Monsieur alors que je détournais le regard, gênée par la vue de mes mains sur les touches et des siennes plaçant correctement mes doigts. « Et à partir de maintenant », me disait-il, « il faut vous entraîner un peu tous les jours, vous m'entendez ? » J'acquiesçai d'un signe de la tête. Monsieur ajouta que j'avais une demi-heure tous les après-midi pour faire de la musique. « Bien, Monsieur », répondis-je tout en continuant mes gammes. Au bout d'un certain temps, après beaucoup d'erreurs et d'hésitations, je fus capable de reconnaître les notes dans le désordre, à leur son, parce que chacune possédait le sien. Certains jours, Monsieur paraissait désespéré, d'autres fois, il me félicitait, très bien, Maria, très bien, et j'étais aussi heureuse qu'en compagnie de mon fiancé lorsqu'il m'embrassait et passait le bras autour de ma taille.

Je le voyais le dimanche, après la messe, parce que les jeudis après-midi, il n'était pas libre. On se fréquenta pendant un an. Au début, il se contentait de m'embrasser mais plus tard, alors que nous étions assis sur un banc à l'abri des regards, dans le parc, ses baisers se firent plus insistants, différents et ils m'enflammèrent. Je me serrai contre lui, et alors il fit glisser sa main sur ma cuisse, remonta ma jupe et la posa sur mon entrejambe. Malgré toute l'excitation que je ressentais, je réagis et lui flanquai une bonne gifle en m'écriant :

— Qu'est-ce que tu fais !

— Mais, enfin, Maria, c'est ce que font tous les fiancés. J'ai le droit...

— Pas du tout, nous ne sommes pas mariés, il n'en est pas question.

Aujourd'hui, cela me fait rire mais à cette époque j'avais pensé à Monsieur et à sa cantatrice et à la claque qu'il avait reçue. J'étais désagréablement surprise, je n'attendais pas ça de mon promis, je ne sais pas pourquoi. Je n'étais pas ignorante, mais je prenais mon fiancé pour un type correct. C'était mon premier amoureux, et jusqu'à cet instant, il me plaisait. Je me levai brusquement et lui répétai : « Quand on sera mariés. » Puis j'attendis. Je pensais qu'il allait me répondre : « Alors marions-nous ! » qu'il s'agenouillerait devant moi et demanderait ma main. Je le croyais vraiment. Quelle idiote ! Sainte Vierge de la Macarena ! avec l'âge, tu te rends compte des bêtises que tu as faites et que tu as pensé parce que ce garçon, ce fiancé qui s'asseyait au fond de l'église comme moi pour ne pas nous mélanger aux beaux messieurs du quartier, eh bien ce garçon avait beau prier et montrer beaucoup de dévotion, il en trouva une autre qui apparemment le laissait mettre la main entre ses jambes et peut-être même d'autres choses. Je l'appris quand un dimanche il n'apparut pas à la messe et que j'allais chez lui et qu'on me dit qu'il était sorti avec sa fiancée. J'avais cru que sa fiancée c'était moi, et en fait pas du tout.

Je rentrais à pied à la maison, le cœur serré, les larmes aux yeux, la tête basse pour que personne ne remarque que je venais de perdre toutes mes illusions. Je voyais trouble, je me sentais abandonnée, trahie, et seule. Je n'avais personne alors que je croyais être une de ces femmes qui se marie et a des enfants. Eh bien, non. J'ouvris la porte et partis directement dans ma chambre, me jetai sur mon lit et versai toutes les larmes de mon corps. Je pleurais ainsi une bonne demi-heure puis je dus m'arrêter parce que je devais préparer le déjeuner. Alors que je servais Monsieur, mes larmes ont coulé de nouveau. J'ai prié, mon Dieu pourvu qu'il ne s'aperçoive de rien, et pendant un moment, ce fut le cas. Mais au dessert, il me dit : « Je crois que les fruits auront un goût salé aujourd'hui. » Je regardai l'assiette, une larme était tombée dans un coin. « Monsieur, pardonnez-moi », bégayai-je. Je retournai à la cuisine laver le fruit et changer d'assiette. J'entendis alors Monsieur déclarer : « J'en déduis que vous n'avez plus de fiancé. » Il était très direct et sa franchise lui valut un nouveau torrent de désespoir.

— Je suis désolée, cela vient d'arriver, réussis-je à m'excuser entre deux hoquets.

— Cela nous arrive à tous, répondit-il avec un petit sourire.

Je supposai qu'il voulait parler de la cantatrice et je lâchai :

— Ah non, Monsieur ce n'est pas la même chose ! Moi je pensais avoir un garçon convenable qui m'épouserait.

Il réagit sur-le-champ :

— Donc vous estimez que je ne suis pas convenable.

Horrifiée je m'écriai :

— Non pas du tout, ce n'est pas ce que je voulais dire, je croyais que...

Je ne savais pas comment lui expliquer. Alors je levai les yeux et je vis qu'il souriait encore, il se fichait de ce que j'avais dit, cela avait même l'air de l'amuser. Puis il ajouta avec un regard que je n'oublierais jamais :

— La musique, il faut aller la chercher loin, très loin, au plus profond, vous comprenez ?

Je le contemplai, je ne pleurais plus, et je dis que non, je ne voyais pas. Monsieur se tut mais ce jour-là il lava lui-même son fruit, et il me donna la permission de me reposer l'après-midi.

— Merci, murmurai-je en me disant que toutes proportions gardées, j'avais de la chance de travailler pour un homme qui me traitait de cette façon.

Le lendemain, je le retrouvais à l'heure du petit déjeuner. J'avais réussi à dormir en dépit de mon chagrin et je me sentais mieux.

— Bien, Maria, débuta-t-il, hier nous n'avons pas pu travailler, alors on va se rattraper aujourd'hui.

J'allais lui répondre que je n'avais pas envie mais il s'approcha et poursuivit :

— Maintenant que vous connaissez toutes les notes, j'ai une question, vous préférez jouer du piano ou apprendre le violon ?

Surprise, je m'entendis répondre :

— Le violon.

Et c'est ainsi que je commençai cet instrument après avoir appris mes gammes, et à reconnaître toutes les notes entre les bémols, les dièses. Il m'expliqua alors, l'air de rien, que le violon que j'avais jeté, il l'avait apporté de son pays derrière le Mur, qu'il l'avait hérité de son père, qu'il l'avait acheté dans une ville, Salz... je ne sais plus quoi, entourée de montagnes blanches. « De montagnes blanches et de violons », dit-il les yeux brillants. « On m'a laissé l'emporter parce qu'un instrument d'une telle valeur, on te laissait le montrer à l'Ouest pour impressionner. » Je compris que le violon avait beaucoup plus d'importance que je ne le pensais, et que ce que j'avais jeté était un objet plus que précieux. « Mais tout cela est loin, cela fait très longtemps, il y a prescription », fit-il en me donnant une tape sur l'épaule si forte que je lâchai un petit cri. Il ne me touchait jamais, mais ce jour-là il y mit toutes ses forces. Puis il ajouta : « Alors, on prend un chocolat ? » Et nous voilà de nouveau dans la cuisine, devant nos bols fumants, Monsieur éclatant d'un rire contagieux pour une chose ou une autre, et moi, pourtant j'avais le cœur lourd, je ne pouvais me retenir de l'imiter. Je ne savais pas très bien comment interpréter cette façon d'être si curieuse de Monsieur qui riait dès qu'il se trouvait dans la cuisine, puis redevenait un idiot très sérieux qui savait seulement jouer du piano, chanter, diriger les mouches les yeux fermés, saluer Beethoven et jouer du violon. Quand il quittait la cuisine, il devenait un autre, il disparaissait dans son monde, celui de la musique, un univers qui n'appartenait qu'à lui et dans lequel il ne laissait entrer personne.

Les jours qui suivirent ma déception amoureuse furent différents. Il vint plus souvent à la cuisine et m'invita à jouer plus souvent du violon. J'avais mal aux doigts à force d'appuyer sur les cordes mais j'aimais produire les mêmes sons qu'il créait au piano. Il ne me parla plus jamais du fiancé qui m'avait abandonnée ni qu'il fallait aller chercher la musique au fond, cette phrase qui m'avait tellement déconcertée. Pendant ces quelques jours, il me fit la conversation plus que d'habitude. Je remarquai qu'il faisait plus attention à moi et au bout d'une quinzaine de jours, après ma rupture, tandis que je lui servais à dîner, je lui dis :

— Je me sens mieux.

Et j'ajoutai :

— Merci.

Anna

Comme les humains sont idiots. Nous tombons toujours dans les mêmes pièges.

— Pardon, dis-je alors que Mark fait signe à l'orchestre de s'arrêter.

Je me suis trompée dans un passage qui me résiste.

— Recommence, m'ordonne mon mari.

Nous répétons le passage. Je sens que j'ai rougi. Je ne supporte pas d'être le centre de l'attention à cause d'une erreur. Je ne me trompe jamais, mais cette fois je pensais à autre chose. Et je suis retombée dans le piège.

À l'époque aussi, je tombai tête la première dans le piège, peut-être parce que j'en avais besoin. Je réussis à pardonner à papa son absence de quatorze ans parce qu'il s'installa à la maison, me couvrit de cadeaux, me donna tout ce que je voulais. Et aussi parce qu'il me dit que nous partirions en voyage et qu'il tint parole, et qu'il m'achèterait un violon neuf et qu'il le fit. Il avait écouté avec attention les explications de Teresa qu'il était allé voir comme il l'avait promis. Et moi qui avais tellement honte devant elle de ne pas avoir de parents, cette fois je me sentis fière. Je pouvais lui dire tu vois, j'ai un père. J'avais échangé une mère invisible pour un père qui se montrait.

Au début, cela m'était égal qu'il soit là. Je sentais l'absence de ma mère comme une brûlure dans l'estomac qui ne guérissait pas. J'attendais toujours qu'apparaisse à la porte la femme qui ne me regardait pas, qui me donnait des ordres du haut de ses talons aiguilles, qui ne me permettait pas de la toucher ni de l'embrasser. J'espérais pouvoir la faire enrager pour qu'elle vienne me frapper et ainsi avoir cette sensation de plaisir que je ne pouvais trouver dans aucun autre endroit ni d'aucune autre manière.

La première nuit qui suivit le départ de ma mère, à mon retour du parc, je m'enfermai dans ma chambre. Sans dîner parce que je savais que ce que j'avalerais descendrait par un trou sans fond et arriverait aux pieds qui grandiraient de tant manger sans digérer. Je m'allongeai sur mon lit en contemplant le plafond sur lequel se reflétait l'eau du parc. Puis la nuit tomba et j'entendis chanter les grillons. Je ne bougeai pas, les yeux fixés au plafond aussi secs que mon cœur. Sans mon âme que j'avais jetée dans l'étang et que certainement les grenouilles devaient dévorer. Alors Clara ouvrit la porte, et s'assit à côté de moi. C'était une employée, mais je n'avais qu'elle. Elle me prit dans ses bras et je pleurai enfin.

Je finis par accepter mon père en m'imaginant, pauvre de moi, que les jours heureux étaient arrivés. Il me tiendrait lieu de père et de mère en même temps et pendant des années j'oublierai qu'il n'avait pas été là pendant quatorze ans et je serai la fille la plus heureuse au monde. Jusqu'à ce que tout se termine brutalement parce qu'il ne faut jamais se fier à ce qui arrive tard.

Par contre, j'avais la musique et je l'ai toujours. Et dire que je voulais abandonner le violon mais Teresa m'aida à l'appréhender d'une autre manière. Et pourtant maman m'avait dit qu'au conservatoire personne ne s'occuperait de moi. Comme elle se trompait. Le premier jour, Teresa me demanda pourquoi je détestais tant le violon et je fus étonnée qu'elle l'ait remarqué, qu'elle ait vu que je ne supportais pas d'en jouer. Je haussai les épaules.

— Il faut que tu le tiennes comme si c'était ton amoureux, comme ça.

Joignant le geste à la parole, elle me le plaça doucement sur l'épaule.

— Maintenant, tu dois caresser ton amour.

J'écarquillai les yeux.

— En tout bien tout honneur, plaisanta-t-elle. Tu dois lui toucher le visage et les yeux et la bouche pour savoir comment il est, parce que tu es aveugle. Ferme les yeux, comme ça, très bien, et maintenant glisse ton archet avec un *la*. Non, non pas comme ça, là tu ne le touches pas, là tu le griffes. Le moment de le griffer viendra, mais pour l'instant il suffit de toucher, pour mieux le connaître. Bien... Comme ça... Très bien.

Teresa s'exprimait d'une voix douce, veloutée, en accord avec le son qui émanait du violon, un son qui, je m'en aperçus dès le premier jour, n'avait rien à voir avec celui que je produisais quand j'étudiais avec le professeur au nez aquilin.

— Si tu as mal aux doigts, repose-toi un peu, me conseilla Teresa. On ne peut pas jouer en souffrant.

Elle me regarda dans les yeux pour ajouter :

— Quand tu joues, tu dois faire de la musique et rien d'autre.

Et Dieu sait que c'était facile de faire de la musique. Avec Teresa, après avoir passé tant d'années à jouer en souffrant, je le compris. Il y avait un autre chemin pour parvenir au même endroit.

— Ne sois pas aussi pressée, calme-toi, calme-toi, comme ça tu ne pourras rien jouer.

Teresa usait de paroles magiques. Teresa m'apprenait à jouer. Teresa m'apprenait à imaginer. Teresa m'apprenait tout. Plus tard, quand j'échangeai un père contre une mère, elle dut remarquer quelque chose parce qu'elle me dit, comme ça, en passant, que dans la musique on ne pouvait pas faire abstraction de tout ce qui se produisait dans la vie. On ne me l'avait jamais dit. En vérité, je ne parvenais à m'abstraire de rien, mais je m'apaisais quand je passais l'archet par-dessus cet instrument qui chaque jour me paraissait davantage comme une prolongation de moi-même, comme s'il s'agissait d'une protubérance qui serait née sur moi et créerait un peu de magie. Puis quand papa, après avoir consulté Teresa, m'acheta un violon neuf, je notai que la vie commençait à s'adoucir.

Il était toujours à la maison pour m'accueillir quand je revenais de l'école, il m'aidait à faire mes devoirs, si j'avais des problèmes, il m'aidait à trouver la solution. Au début, je ne lui racontais pas grand-chose, mais peu à peu ma langue se délia. C'est alors qu'il me proposa de découvrir l'Europe cet été-là, j'acceptai avec enthousiasme et nous passâmes un mois à voyager et ce fut la meilleure période de ma vie même si j'avais laissé mon violon à la maison. Il ne me manqua pas. Au retour, dans l'avion, je pensai que je m'étais peut-être trompée et que les têtards de l'étang n'avaient peut-être pas emporté mon âme.

J'avais seize ans le jour où j'embrassai mon père pour la première fois. Il ne m'avait jamais forcée, il savait que je me tenais sur la défensive, que je refusais de trop m'approcher parce que je ne voulais pas qu'il m'arrive ce qui m'était arrivé avec ma mère, parce que au fond de moi j'étais sûre que les personnes que nous voulons embrasser finissent par s'échapper un jour ou l'autre et que je n'aurais pas supporté de le perdre. Lorsqu'il me rendit mon étreinte, je remarquai qu'il pleurait tout en murmurant : « Mon enfant, mon enfant ! Quand je venais, je n'osais pas te regarder parce que si je l'avais fait, je n'aurais pas pu repartir sans t'emporter avec moi. Et ta mère ne l'aurait pas permis. »

Mon père pleurait et moi aussi. Le monde était aimable, la vie différente. Tout changeait, le bonheur durait. Il dura jusqu'à mes dix-huit ans. J'avais terminé le lycée et avais passé haut la main mes examens de violon. Malgré de légers contretemps, la vie était parfaite. Clara s'était mariée, et à sa place, nous avions une jeune fille qui passait la journée à la maison mais rentrait le soir chez elle, nous laissant seuls mon père et moi. Nous étions heureux.

Nous le fûmes jusqu'à ce concert au Palais de musique où nous avons croisé Teresa.

Maria

Quand Teresa se présenta à la maison, ce n'était pas une inconnue pour moi. Je l'avais déjà vue dans le parc des années auparavant, dans une occupation bien différente de celle d'aujourd'hui. Elle n'était ni violoniste, ni rien, elle gardait des enfants. Son amour pour la musique, elle avait dû l'avoir bien plus tard. À cette époque, elle était toute jeune. Pourtant quand je la vis sur le seuil de la porte, je la reconnus tout de suite. Elle n'était pas habillée de la même façon et n'avait pas le même style, mais je pensai : Celle-là, elle a frotté les sols comme moi, elle a nettoyé la poussière comme moi. Et d'une certaine façon, voir que Teresa était devenue une dame me donna du courage et me permit de penser qu'un jour peut-être je pourrais transformer ma vie en musique. En fin de compte il ne devait pas y avoir tant de différence entre nous, elle devait avoir dans les vingt ans quand je l'avais vue travailler comme nounou, et j'avais commencé les gammes à peu près au même âge. J'avais remarqué Teresa parce que les enfants échappaient à sa surveillance, et moi qui à l'époque traversais le parc tous les jours à la même heure de l'après-midi, plus ou moins, je m'étais rendu compte qu'elle n'arrivait pas à les rattraper parce qu'ils étaient deux. Je m'en voulais parce que la scène me donnait envie de rire. Je trouvais cela amusant, la pauvre, elle ne savait pas les rappeler à l'ordre.

Moi, je n'aurais pas su non plus, garder les enfants, ce n'est pas pour moi, c'est pour ça que j'ai si vite accepté de servir dans une maison où vivait un homme seul qui ne semblait pas vouloir se marier. La même scène du parc se produisait tous les jours, et cela me faisait rire sous cape, mais sans aucune méchanceté. Les enfants jouaient à se cacher sans se faire mal ni rien, mais ils la rendaient folle. J'admirais ses mains blanches et ses longs doigts, ça oui, je l'avais pensé, ils iraient bien pour jouer du piano parce qu'à l'époque comme j'essayais de jouer du piano, j'observais les mains de tout le monde pour les comparer aux miennes en me demandant si elles étaient assez longues.

Teresa se présenta à la maison peu de temps après l'arrivée de Mark. Ce dernier était souvent absent car il se produisait partout dans le monde. Avant de diriger un orchestre, il était violoncelliste. Un instrument beaucoup plus profond que le violon et beaucoup plus gros qui me plongea dans l'extase la première fois que je l'entendis. On aurait dit que le violon était le fils et le violoncelle le père. Et si le violon parvenait dans tous les coins de la maison, le son du violoncelle remplissait tout.

Mais qui s'en souvient ? Qui se souvient de toutes ces choses passées, de ces duos entre père et fils, de ces longs après-midi consacrés à la musique au cours desquels tous deux discutaient de la façon dont on devait interpréter une partition. Et qui se souvient de toutes ces femmes ?

Je préférerais ne pas avoir à le dire, mais cette histoire d'aller au plus profond avec la musique que m'avait expliquée Monsieur, apparemment ce devait être ça. Au plus profond, on y arrivait sur le canapé. Quand une femme venait pour jouer avec Monsieur, je savais très bien comment cela finirait, peut-être pas la première fois, mais la deuxième. Ils répétaient les morceaux, jouaient de longs moments, des heures parfois, et ensuite bavardaient, riaient et poursuivaient leur duo sur le canapé. Et moi, je ne pouvais m'en empêcher, je regardais par le trou de la serrure en faisant semblant d'épousseter Beethoven. Sur ce canapé étaient passées presque toutes les femmes qui jouèrent avec lui, quand elles se présentaient seules bien sûr. Certaines refusaient, mais c'était rare. Elles résistaient avec des rires et ensuite préféraient ne plus venir. Mais en général elles étaient toutes comme lui, elles voulaient jouer de la musique jusqu'au bout.

Je suis bien installée dans ce fauteuil à l'orchestre. Je dormirais bien. Teresa émeut avec le violon. Anna, non, pas du tout. Je l'avais bien dit à Monsieur qu'elle manquait d'âme.

Un jour, je cessai d'espionner Monsieur. Je me contentais d'écouter les conversations musicales qu'il entretenait avec ses musiciens hommes ou femmes. J'essayais de m'imprégner de ces paroles pour parvenir un jour à jouer comme eux. Après avoir connu Teresa et l'avoir entendue jouer, je me convainquis qu'avec le temps, je pourrais arriver à parler avec tous ces gens qui discutaient de sujets qui commençaient à me dire quelque chose, par exemple la clé de *sol*, ou la clé de *fa*, les anacrouses et la triple croche et qui ravissaient Monsieur. Comme il voyait que je commençais à me débrouiller, il m'offrit un recueil de chansons de son pays, « Elles sont simples », me dit-il, « et très jolies, vous verrez, elles vous plairont. » Je fus si émue quand je me vis avec ce livre entre les mains que je ne sus comment le prendre. Il était couvert de notes et le plus beau, c'était que je les comprenais. Je les comprenais et je me sentais capable de les jouer. « Je peux essayer quand vous ne serez pas là, si j'ai un moment », dis-je en signalant le violon d'un mouvement de la tête. Jusque-là je ne l'avais jamais fait, je n'avais jamais osé prendre le violon en son absence. Monsieur sourit :

— C'est ce que j'attends de vous, Maria.

Et je tins parole. J'appris ces chansons dans le silence, quand il n'y avait personne. C'étaient des chansons tristes qui faisaient venir les larmes aux yeux. Elles me rappelaient un peu les miennes, celle de la *Linda Paloma Mia* et toutes les autres qui vous tiraient des pleurs. Quand j'en eus appris deux, je les jouai les yeux fermés, en m'imaginant devant un auditoire comme celui qu'il y aura demain ici avec ces projecteurs qui éclairent les solistes, Mark et tout l'orchestre. Et j'imaginais qu'on m'applaudissait à tout rompre. Mais le mieux ce fut le jour où Monsieur m'écouta quand je me présentai devant lui ma leçon apprise. Il me fit quelques observations mais d'abord il s'exclama, et je vis qu'il le disait du fond de son cœur « Comme c'est fin et délicat, Maria ! » Il me regarda d'une telle manière que pendant un instant, seulement un instant, j'ai cru qu'il voulait faire de la musique avec moi jusqu'au bout. Heureusement cela ne dura pas, il se reprit, me corrigea et m'indiqua comment améliorer certains passages. J'avais du pain sur la planche pour toute la semaine, en dehors de mes tâches habituelles qui étaient nombreuses.

Mais le plus beau était encore à venir. Un jour qu'il répétait avec un chanteur et une pianiste, il me sonna. J'entrai dans la salle et demandai :

— Oui, Monsieur ?

Il m'indiqua le canapé, le fameux et me dit :

— Asseyez-vous, Maria, écoutez et ensuite dites-moi ce que vous pensez en toute sincérité.

Le chanteur et la pianiste me lancèrent un regard surpris. Ils ne s'attendaient pas à ce qu'une domestique en tablier commente leur interprétation. Mais je devais obéir à Monsieur et puis je ne pouvais m'empêcher de me sentir très fière de ce qu'il me demandait même si, bien sûr, ce n'était pas sans risques. Je m'assis sur le bord du canapé, parce que je ne trouvais pas convenable de m'installer confortablement, comme si j'étais une dame. Je joignis les mains sur mon tablier. Je n'en avais plus honte. Cela faisait longtemps que je m'étais acheté des gants en caoutchouc et je mettais des crèmes comme celles que les dames s'achetaient à la parfumerie parce que je ne voulais pas que Monsieur me donne des leçons avec les mains abîmées par les détergents. Je pouvais désormais les exhiber sans honte. Pour le reste, j'étais comme toujours, les cheveux relevés, et pour seuls bijoux des boucles d'oreilles que je m'étais offertes quand j'eus suffisamment économisé.

Monsieur dirigea le morceau que jouèrent les deux musiciens après un dernier regard d'incrédulité lancé dans ma direction. Les yeux fermés, il donnait l'impression de diriger un grand orchestre. La pianiste jouait avec une agilité enviable, remuant beaucoup, ses longs cheveux lui couvrant le visage chaque fois qu'elle bougeait la tête. Le chanteur qui possédait une voix aiguë, la suivait comme il le pouvait avec assez de succès. Il avait une jolie voix, mais il y avait quelque chose qui ne sonnait pas bien, qui finissait même par être désagréable à entendre. Je m'en aperçus tout de suite mais ne pipais mot jusqu'à ce que Monsieur leur demande d'arrêter, se tourne vers moi et dise : « Maria ? » pour m'inviter à prendre la parole. « C'était très bien », me contentai-je de répondre en balbutiant sans rien oser ajouter. Monsieur me lança un regard impatient : « Allez, Maria, trêve de politesse ! Qu'en avez-vous pensé réellement ? » J'étais perdue, je devais parler.

— Eh bien, ce Monsieur chante très bien, oui, vraiment très bien, mais on dirait qu'il n'arrive pas à atteindre toutes les notes.

Je me comprenais et Monsieur aussi me comprit mais le chanteur se fâcha

— Mais que racontez-vous ? Comment pouvez-vous… Et pourquoi…

Monsieur l'interrompit, il se retourna et me fit un clin d'œil tout en disant :

— Merci Maria, vous pouvez disposer.

Je décampai sans demander mon reste. Après, bien sûr, je restai derrière la porte, à regarder par le trou de la serrure ce qui se passait. Le chanteur se plaignait à Monsieur que ce n'était pas possible d'écouter l'avis d'une domestique et qu'en plus il ne comprenait pas ce que j'avais voulu dire. Alors Monsieur répondit avec calme : « Elle voulait dire que tu chantes en dessous du ton, rien, une question de chromatisme, elle est très subtile et je voulais en être sûr parce que au bout d'un moment je ne savais même plus ce que j'écoutais. Allez, on reprend. » Le chanteur ne répliqua pas, et se mit à chanter de nouveau avec la pianiste aux cheveux ébouriffés qui ne paraissait pas ennuyée de recommencer le même passage parce qu'ils l'ont répété je ne sais combien de fois, mais rien à faire, cela sonnait toujours pareil. « Tu n'entends pas que tu es sous le ton ? » s'énervait Monsieur. Et l'autre répondait que non, qu'il était parfaitement accordé et à la fin ils se fâchèrent tous les deux et le laissèrent pour un autre jour.

Dans l'après-midi, Monsieur me remercia et s'excusa de m'avoir mise dans l'embarras.

— Cela m'a bien servi, merci, me dit-il.

— Vous pensez que ce chanteur arrivera à s'accorder ?

— Non, c'est impossible, on me l'a recommandé mais cela ne marchera pas, il faut que j'en trouve un autre, merci Maria.

Ce dernier merci signifiait que je pouvais me retirer. Je voyais bien qu'il était de mauvaise humeur et embrouillé, et qu'il fallait le laisser tranquille. Mais depuis ce jour, il prit l'habitude de m'appeler parfois pour que j'écoute les répétitions et les musiciens assistaient, pétrifiés, à l'arrivée d'une domestique en tablier qui s'asseyait sur le bord du canapé pour les écouter. Dans la majorité des cas quand ils finissaient, je disais : « Vous avez joué à merveille. » Ce qui était la vérité.

Teresa

Anna, cette même Anna qui joue là, maintenant, avec moi, la même qui me balance un regard de haine chaque fois qu'elle le peut, une haine qui a une odeur, qu'on remarque, qui se perçoit, une haine qui brille dans ses yeux et qu'elle n'essaye même pas de dissimuler, une haine qu'elle met dans la musique alors que nous jouons ensemble, eh bien cette même Anna fut la meilleure élève que j'aie jamais eue. Je m'aperçus rapidement qu'elle était exceptionnellement douée même s'il lui manquait quelque chose, s'il lui manquait du cœur, ou de l'âme comme disait Karl, ce même Karl qui ne sut pas aller à sa rencontre, parce qu'il doutait qu'elle ait une âme. Au début, j'avais cru qu'elle pourrait vraiment devenir une grande violoniste, elle possédait une agilité exceptionnelle. Confrontée à des passages très rapides que même un professionnel aurait eu du mal à interpréter, elle se révéla capable de les jouer quand elle n'était encore qu'une élève du conservatoire.

Quand elle se présenta, accompagnée de son père, Maties, elle ne savait pas où se mettre, gênée par la soudaine apparition de ce père surgi d'on ne sait où qui apparemment ne s'était jamais intéressé à elle. Il était venu me demander quel était à mon avis le meilleur instrument pour sa fille, parce qu'il voulait lui acheter un nouveau violon. Anna garda le regard fixé au sol pendant tout l'entretien et paraissait rongée par l'angoisse. « Sa mère ne s'intéressait pas à la musique », m'expliqua Maties avant d'ajouter à voix basse : « Mais une des conditions pour qu'elle garde l'enfant était qu'elle lui fasse étudier le violon parce que j'avais toujours rêvé de le faire mais mes parents n'avaient pas assez d'argent pour me payer autre chose, tout juste pour les études, je veux dire l'école, vous voyez. »

Bien sûr que je voyais, je n'avais pas besoin d'un dessin. J'avais eu une mère sans ressources qui avait frotté des escaliers comme moi, et j'aurais bien aimé savoir si ce Monsieur avait frotté des escaliers pour pouvoir étudier, s'il avait dû courir d'un endroit à l'autre et sacrifier des heures de sommeil pour arriver à tout faire et s'exercer des heures et des heures et encore des heures comme l'exigeaient l'instrument et la carrière, sans pouvoir faire réparer le violon parce que nous n'avions pas assez d'argent, ma mère économisant le moindre sou, épuisée si bien qu'elle travaillait trop lentement et qu'on finit par la renvoyer, heureusement il lui restait ce qu'elle n'avait jamais abandonné, la couture, alors elle cousait et je jouais et ainsi nous nous en sortions. Je ne jouais plus sur la plage, mais à la maison, je ne me trompais plus, je ne rendais plus fous les voisins en répétant sans cesse les mêmes passages qui devaient être exécutés à la perfection ni ma mère, devant sa machine à coudre, je crois que cela ne la dérangeait pas et pourtant j'étais casse-pieds. Je n'allais à la plage que s'il était tard et que je devais réviser quelque chose pour le lendemain.

Nous ne pûmes changer ni de maison ni de quartier ni de situation tant que je n'obtins pas mon diplôme. J'étais devenue violoniste après être passée par des classes de solfège, d'harmonie, de composition, toutes ces matières qu'on étudiait à cette époque et auxquelles se sont ajoutées tant d'autres. Alors le jour où je reçus mon diplôme, j'emmenai ma mère dîner dehors pour fêter l'événement et nous dépensâmes plus que nous pouvions nous le permettre. Nous n'étions jamais allées dans un restaurant, nous étions ravies d'être servies et non de servir comme nous le faisions toujours dans les maisons des autres. C'était fini de chercher des bourses pour mes études, à partir de ce moment, j'allais chercher quelqu'un qui me paierait moi.

Dans le premier mouvement, Anna essaie de s'imposer par n'importe quel moyen, mais alors que nous commençons le deuxième, c'est moi qui domine. Dans ce largo *ma non tanto*, lent et traînant qui exige de l'âme, mon regard ose soutenir le sien. Elle ferme les yeux et il se forme entre ses sourcils cette ride que je lui ai toujours connue, une ride qui aide à créer. Pourtant je l'ai aimée, cette petite. Elle me faisait pitié, c'était une enfant malheureuse que personne n'avait aimée même si son père semblait vouloir changer la situation. Anna était le contraire de moi, couverte d'or mais elle grandissait sans amour, et moi si j'avais dû choisir, j'aurais choisi l'amour à la place de l'or.

Je trouvai rapidement un poste au conservatoire car ils cherchaient de nouveaux professeurs. C'était une époque de bouleversements, le régime du dictateur était tombé, tout changeait, tous protestaient à propos de tout. Moi je voulais juste un travail. Je l'obtins et le gardai jusqu'à ce que je doive demander un congé pour partir en tournée avec Karl. Ensuite plusieurs orchestres firent appel à moi. Ma vie prit un nouveau tournant avec le changement de siècle. Tout est changement, comme cette ville, Berlin, qui malgré tout garde ses cicatrices, les débris d'un mur qui a séparé les personnes sans aucune raison, seulement parce que certains vivaient d'un côté et les autres en face, et qu'on leur avait interdit de traverser de l'autre côté. Mark le sait très bien, Mark possède aussi cette cicatrice, elle se devine dans son regard. Karl aussi l'avait.

Ma mère, elle n'avait qu'une chose dans ses yeux la dernière fois que je l'ai vue, une générosité sans bornes. « Dire que ça arrive alors que nous vivons si bien », se plaignit-elle, d'un air résigné. Ce furent ses derniers mots. Elle avait raison, nous logions dans un appartement neuf, cela faisait des années que j'enseignais, et plusieurs mois que j'avais Anna comme élève. Je manquai deux jours et au retour j'expliquai ce qui s'était passé à mes élèves qui m'offrirent leurs condoléances, tous sauf Anna. Elle garda le silence. Je remarquai son regard hostile, je compris qu'elle m'en voulait d'avoir été absente, que cela ne lui paraissait pas correct. Je fus étonnée sur le moment mais n'y accordai aucune importance et oubliai tout à fait cet incident quand la vie reprit son cours normal.

Néanmoins ce regard refit son apparition quand Maties et moi nous revîmes. Je les croisai un soir lors d'un concert. Ce fut là que tout commença. Nous bavardâmes, les années avaient passé et Anna poursuivait ses études, c'était une jeune fille qui peu à peu avait appris à connaître la joie et à développer sa sensibilité aux côtés de son père. Elle avait beaucoup changé et sur un plan musical, beaucoup évolué, elle s'était libérée et avait acquis ce qu'il faut donner pour faire de la musique, de la vraie musique.

Cela dura peu de temps. Nous allâmes dîner tous les trois. Anna paraissait contente mais son expression se durcit lorsque j'échangeai mon numéro de téléphone avec Maties, à sa demande. Quand elle s'aperçut qu'entre nous était né quelque chose de spécial, je revis en elle la gamine qui m'avait reçue avec hostilité le jour où j'avais redonné cours après avoir enterré ma mère. Anna avait eu peur de perdre l'unique personne qui se préoccupait d'elle. Cette fois, elle s'imagina que j'allais lui voler son père.

— Nous devrions peut-être cesser de nous voir, dis-je un jour à Maties avec tristesse alors que la situation me paraissait intenable.

— Pas question, elle finira par comprendre, elle doit comprendre ! répliqua-t-il.

En fin de compte, il avait raison, ce n'était pas possible qu'une fille, majeure, conditionne de cette manière la vie de son père. Mais moi, cela me faisait mal. Soudain, tout ce qu'Anna avait donné à la musique et au violon, elle le reprit. Comme si tout était entrelacé, sa personnalité, ses états d'âme, surtout son âme. Elle cessa d'avoir une âme. La Anna d'avant, celle de ces quatre dernières années, disparut. J'essayai de parler avec elle, je lui demandai si cela la gênait que son père et moi nous fréquentions. Elle me répondit que c'était notre vie et qu'elle ne s'en mêlerait pas en évitant de me regarder et elle me demanda de reprendre la leçon. Elle n'avait jamais le temps, elle était toujours pressée, elle devait toujours se rendre quelque part.

Mes liens avec Maties devinrent plus forts au fur et à mesure que ma relation avec Anna s'écroulait. Quand j'allais chez eux, Anna n'était presque jamais là ou bien disparaissait en m'entendant. Elle était devenue invisible. Pour couronner le tout on m'apprit au conservatoire qu'elle avait souhaité changer de professeur. J'accueillis la nouvelle d'un air impassible.

Et alors, je ne sais pas ce qui me prit, mais c'était la dernière tentative pour la mettre de mon côté, obtenir qu'elle manifeste envers moi un peu de sympathie, pour notre bien à nous trois, je lui offris mon Stainer. Anna l'avait vu à plus d'une occasion et je savais qu'elle me l'enviait. Je ne lui avais jamais raconté comment je l'avais trouvé, d'habitude je donnais mes cours avec un autre violon et je n'apportais celui-là que de temps en temps. Je lui en fis cadeau. En me disant qu'ainsi les choses s'arrangeraient, que cela valait la peine de se défaire d'un tel joyau pour mettre de mon côté cette jeune fille que j'avais besoin de faire mienne. Je pensais aussi que les choses avec Maties avançaient, que nous finirions par vivre dans la même maison, que nous formerions une famille, ainsi le violon ne me quitterait pas vraiment... Je ne sais plus très bien mais le fait est que je le lui offris.

Ce fut peine perdue. Je me dépossédai de ce qui m'avait sauvé la vie à sept ans et ne gagnai qu'un simple remerciement du bout des lèvres accompagné d'un sourire ironique. Lors de notre dernier cours, je lui remis doucement l'instrument entre les mains. Comme c'était un violon magique, je me disais qu'il aiderait Anna à trouver son âme dans la musique. Mais cela ne se passa pas ainsi. Le Stainer lui servit uniquement à jouer, il n'avait plus rien de magique, il perdit l'auréole enchantée que je lui avais vu dans la décharge. Je dois reconnaître qu'Anna ne le repoussa pas, elle s'en empara immédiatement. Je restai sans Anna, sans violon et quelques années plus tard sans Maties, non plus.

Aujourd'hui, Anna me colle son Stainer sous le nez chaque fois qu'elle le peut et je suis convaincue que jamais je n'en retrouverai un semblable. J'ai été idiote de le lui offrir. Mais avec ou sans Stainer, Anna, ce qu'elle n'a pas, c'est la musique. Moi je l'ai. Et personne ne pourra me l'enlever.

Anna

Ce deuxième mouvement, c'est pour les sentimentaux comme Teresa. Je le trouve trop facile. D'accord, il est très beau, mais Teresa en perd son sang-froid, ça se voit, on dirait qu'elle va se mettre à pleurer d'un instant à l'autre. Pour l'instant, je l'ignore, je la regarderai plus tard, dans le dernier mouvement, quand la vitesse reviendra, quand je pourrai recommencer à voler et qu'elle devra se limiter à de petits sauts pour essayer de me rattraper. Je ne comprends pas ce que Karl lui trouvait, ce que tant de chefs lui trouvent. Jouer du violon, c'est une course de vitesse depuis l'époque de Vivaldi et celui qui ne l'a pas compris, c'est qu'il n'est pas fait pour cet instrument.

Teresa n'était pas faite pour papa et papa n'était pas fait pour Teresa. Voilà pourquoi leur relation s'est terminée rapidement. Les choses qui ne fonctionnent pas trouvent une fin, c'est clair. Et parfois, celles qui fonctionnent aussi parce que, ce qui marchait, c'était la relation entre mon père et moi. Pendant un temps naïf, une brève partie de ma vie, à peine quelques années, ce fut comme si je n'étais pas moi, parce que je vivais sur un nuage, comme si le ciel s'était ouvert seulement pour moi après avoir vécu tant de temps sans mère, sans personne, seule avec Clara. Papa m'avait raconté, les larmes aux yeux, qu'il n'avait pas pu s'occuper de moi, que maman ne lui avait pas laissé le choix, qu'elle ne voulait même pas qu'il me voie. Ainsi qu'il me l'avait déjà expliqué, il préférait ne pas me voir parce que autrement il n'aurait pas supporté de me laisser avec elle. Il me l'avait répété tant de fois, il m'avait demandé pardon tant de fois qu'à la fin, un jour, un flot de larmes surgit en moi sans que je puisse l'arrêter. Ce fut alors que je l'embrassai et lui dis qu'avant maman, je n'avais jamais pu le faire. « Je ne comprends pas comment j'ai pu tomber amoureux », me dit-il. « Je n'étais pas bien, elle allait de fête en fête, d'amant en amant. Je ne fus pour elle qu'un de plus, mais je voulais croire le contraire et durant un temps, je l'ai cru. » Il me regarda de nouveau les larmes aux yeux en me demandant pardon.

Cette époque ressemble au premier mouvement de ce concerto. Une sensation de bonheur me parcourait le corps tous les jours au réveil et j'allais au lycée et au conservatoire un sourire aux lèvres, un sourire que je n'avais jamais eu. Et devant lequel Teresa s'extasiait : « C'est incroyable, tu as un très beau sourire. »

Demain, sans faute, j'irai voir la Spree. Mon âme a peut-être fini par y arriver. Il y a dix ans, il m'avait semblé qu'elle s'échappait dans ce fleuve. Mark dit qu'il n'a pas le temps de m'accompagner, il est sans cesse en répétitions, comme l'exige son statut de chef d'orchestre. Et je n'y peux rien si l'eau m'absorbe comme rien d'autre ne parvient à le faire, rien, si ce n'est la sensation de vertige qui m'emporte quand je joue de la musique baroque rapidement et à laquelle je ne peux résister. Mais pour le reste, rien ne m'absorbe autant que l'eau, partout où je vais. S'il y a de l'eau, je dois aller la voir. Comme si je rendais une visite de courtoisie à mon âme parce que je la sens, je sais qu'elle est là, j'espère qu'elle reviendra avec moi, alors je la salue « Bonjour, comment vas-tu ? » Et elle, la coquine, elle demeure silencieuse et ne me permet pas de savoir exactement où elle est pour que je ne puisse pas la saisir dans un moment d'inattention. Dans ces moments-là je déteste quand quelqu'un s'approche, un enfant par exemple, pour jouer, jeter des cailloux, s'amuser avec un petit bateau. Mais je ne peux rien dire, parfois je croise des gens qui me regardent bizarrement parce que sans m'en apercevoir, j'ai passé dix minutes le regard fixé sur le même point de l'étang, fleuve ou lac. Pas la mer, non, je ne vais jamais à la mer, le mouvement des vagues m'étourdit et puis je sais que mon âme n'est pas dans la mer.

Mais je dois la retrouver parce que sans âme on ne peut pas vivre.

Le jour où je me suis aperçue qu'il y avait quelque chose entre papa et Teresa, le monde s'est écroulé. J'aurais voulu lui crier à elle que mon père m'appartenait, qu'elle fiche le camp avec son Stainer, qu'elle disparaisse et ne revienne jamais plus. Je ne pouvais supporter son regard tendre et compatissant. Pendant quelques années, Teresa représenta un réconfort, un appui et même si nous n'avions jamais beaucoup parlé de choses intimes dépassant le cadre de nos relations, je savais que j'étais son élève préférée et je crois même qu'elle m'aimait bien.

Quand elle me prit mon père, sa véritable nature apparut. Ils se voyaient de plus en plus souvent, à la maison ou en dehors. Quand elle venait, je me débrouillais pour l'éviter d'une façon ou d'une autre, souvent je partais avant son arrivée. Soudain papa ne faisait plus autant attention à moi, il s'absentait, des week-ends entiers parfois et au retour, se montrait préoccupé par ses rendez-vous avec Teresa, pendu au téléphone, et heureusement que les réseaux sociaux n'existaient pas encore parce que sinon il aurait passé les nuits à « chatter » comme les ados d'aujourd'hui. Même quand j'étais avec lui, il paraissait ailleurs, ne m'écoutait que d'une oreille, se montrait distrait.

Tout mon univers s'écroula. Je lui avais donné ce que je n'avais donné à personne, il l'avait accepté, et m'avait fait croire que lui aussi me donnait tout. Résultat, pas du tout, il s'était moqué de moi. J'avais l'impression qu'on m'avait déchirée en deux. Mon père était resté avec moi tant qu'il n'avait eu personne, mais maintenant qu'il avait trouvé Teresa, tout lui était égal, je n'étais plus qu'une gêne, il se sentait obligé de me supporter, c'était très clair.

Je passais mes journées à jouer du violon et à contempler l'étang. Je demandai à changer de professeur au conservatoire parce que je ne supportais plus d'être à proximité de Teresa, je ne supportais plus qu'elle me corrige, qu'elle me dise ce que je devais faire. J'adorais lui tourner le dos quand elle faisait semblant de s'intéresser à moi, et la voir prendre une mine désolée comme si elle ne pouvait vivre sans un sourire de ma part, ce sourire qu'elle avait tant aimé par le passé. Je jouissais de la faire souffrir, sa souffrance était l'unique satisfaction que j'avais. J'adorais penser que Teresa, quand elle était seule, s'effondrait en larmes. Je la poussai tant au désespoir qu'à notre dernier cours, elle m'offrit son Stainer, celui que depuis je lui colle sous le nez chaque fois que je le peux. Ce fut la confirmation de ma victoire sur l'ennemi. Je fis bien attention à ne rien dire, pas même un simple merci. J'avais gagné sur toute la ligne. Je l'avais dépossédée de tout, sauf de papa bien sûr, lui, il n'y avait pas moyen de le lui arracher. Je pensais, si tu m'aimes tant, pourquoi ne me le laisses-tu pas, tu ne te rends pas compte que tu m'as enlevé la seule chose que je possédais ? Mais non, Teresa ne voyait rien, elle était prête à tout donner, tout sauf l'unique chose que je voulais réellement, mon père.

Au bout d'un moment, alors que je n'avais plus de nouvelles de Teresa, papa réagit. Je veux dire que sa passion initiale pour cette femme lui passa et il se souvint de mon existence. Il me demanda de m'asseoir, il voulait me parler, il me trouvait bizarre, il pensait que je n'approuvais pas sa relation avec Teresa et il voulait savoir pourquoi, il avait toujours cru que je m'entendais bien avec elle. J'essayai de m'en sortir par des réponses évasives. Comme il insistait, j'explosai et finis par lui reprocher en criant qu'il ne faisait plus attention à moi, qu'il ne parlait que d'elle, qu'il ne voulait être qu'avec elle. Je déballai mon sac, d'un coup, et je crois que je l'estomaquai. Il ne s'attendait sans doute pas à un tel déluge de récriminations. Il s'approcha de moi et me dit que l'un n'empêchait pas l'autre, qu'il m'aimait beaucoup, et il m'embrassa comme avant. Je mourrais d'envie de rester dans ses bras mais je résistais, je savais que j'allais fondre en larmes, qu'il me consolerait et que le lendemain il retournerait avec Teresa et tout recommencerait et j'aurais mal parce que ces choses-là font très mal et parfois on dirait que personne ne s'en aperçoit. De sorte que je le repoussai, lui demandai de me laisser tranquille et le plantai là, décontenancé.

Chaque fois que je regarde Maria, assise parmi les spectateurs dans l'orchestre, j'ai l'impression qu'elle me transperce le cerveau. Et pourtant ce n'est qu'une domestique, qui par-dessus le marché se meurt de vieillesse, mais je ne sais pas pourquoi, quand elle me regarde elle me rend nerveuse.

Papa se tint à l'écart pendant deux jours. Le troisième il vint me voir avec deux billets d'avion dans la main, les yeux brillants.

— Regarde ! me dit-il, nous partons en voyage tous les deux seuls pendant une semaine, qu'en penses-tu ?

Cette fois, c'est moi qui le regardai, stupéfaite. Je ne m'y attendais pas. C'était une proposition très tentante. J'avais la possibilité de profiter de mon père pour moi seule pendant une semaine. D'un autre côté, si j'acceptais à notre retour je recommencerais à souffrir. Je n'avais plus confiance en lui ni en personne.

— On va où ? demandai-je pour gagner du temps.

— À Monte-Carlo. Tu vois, j'ai les billets, nous louerons une voiture à l'arrivée. Qu'en dis-tu ?

J'acceptai, dominée par un mélange de sentiments contradictoires, haine et amour mêlés, désespérés, qui commençaient et terminaient dans cet homme qui représentait tout pour moi. Ce ne fut pas comme avant, pas du tout, mais cela aurait pu l'être avec le temps si nous avions continué ainsi. Il se montrait tendre et affectueux avec moi et je ne le vis pas téléphoner une seule fois à Teresa.

Mais je n'avais aucune confiance, je savais parfaitement que ces quelques jours idylliques finiraient par un retour à Barcelone. Papa voulait seulement arranger les choses avec moi certainement pour apaiser sa conscience. J'allais me retrouver seule de nouveau. Et je ne supporterais pas de rester seule. La vie était terminée pour moi, rien ne me réjouissait, pas même le violon, ni les passages vertigineux de Vivaldi, Bach, Veracini. Tout était terminé, tout.

Un soir, au casino, je décidai de me saouler. Papa ne fit pas attention, il était trop occupé à jouer. En sortant, je lui demandai, d'un ton faussement serein, de me laisser conduire jusqu'à l'hôtel. Je venais d'obtenir mon permis et je profitais de la moindre occasion pour m'entraîner. Il me laissa le volant, s'assit à côté de moi et se mit à bavarder sur sa soirée, ses paris, ses gains. J'appuyai sur l'accélérateur. Je me souviens qu'il me mit en garde contre l'excès de vitesse sur cette route sinueuse qui bordait la mer. Je me souviens aussi que je voulais jeter la voiture par-dessus la falaise afin que nous mourions tous les deux noyés en mer, que mon père ne retourne jamais avec Teresa. C'est tout. Je ne me souviens de rien d'autre.

Mark

Troisième mouvement. Je regarde l'orchestre puis mes violonistes. Avec Anna, nous avons une entente totale. Je sais qu'entre mon père et Teresa, c'était la même chose. Il maintenait toujours une certaine distance avec les autres sauf quand il s'agissait de musique. Je crois que pour lui chaque concert, chaque opéra était comme une histoire d'amour avec sa soliste ou sa cantatrice. Il travaillait avec plaisir avec les femmes, il était curieux de voir comment il parvenait à améliorer leur interprétation.

Parfois je me demande s'il a eu Maria, je veux dire s'il a tenté quelque chose avec elle. Je ne crois pas et il m'est impossible de les imaginer, alors qu'il est déjà mort et elle si âgée que je ne sais pas si elle survivra au voyage de retour. Elle doit l'effectuer seule parce qu'elle s'est obstinée à voyager de son côté, apparemment elle a de la famille ici bien qu'elle ne m'ait présenté personne. Elle aura eu honte, elle aura pensé que nous ne sommes pas du même monde.

Maria et mon père ont passé de nombreuses années ensemble et seuls dans cette maison, jusqu'à mon arrivée. Il y a peut-être eu quelque chose entre eux, je ne sais pas. De toute façon, quand je débarquai à Barcelone, j'eus la chance de pouvoir compter sur l'aide concrète de Maria parce que mon père, lui, était toujours dans les nuages. Elle m'évita bien des dangers dans cette ville inconnue, cosmopolite, alors que j'étais habitué à la sécurité et à la tranquillité d'un pays où tout était en ordre. Parce que ça oui, de l'autre côté du Mur, on ne souffrait de rien, il n'y avait pas de situations compliquées ou anormales, tout était toujours pareil. Comme dans un voyage *tout compris*, on avait toujours de quoi se nourrir et s'habiller. Par contre si je voulais changer de menu, ou de tenue, là, cela devenait compliqué. Un cousin de ma mère qui vivait à Berlin-ouest, parvenait de temps en temps à nous envoyer des vêtements à la mode, comme ceux que l'on voyait à la télévision. Moi cela m'était égal de m'habiller d'une façon ou d'une autre, mais ma mère s'en réjouissait. Il y eut aussi le téléviseur en couleur que nous apporta ce même cousin à Noël, durant l'une de mes dernières années là-bas. Nos voisins étaient morts de jalousie.

C'est curieux parce que je me trouve actuellement à Berlin et pourtant, quand je pense à la ville de ma jeunesse, elle est différente. Pourtant elle est là, de l'autre côté d'un mur qui n'existe plus. Là, dans le Staatsoper en travaux où j'avais joué mes concerts de jeunesse. Je conserve le souvenir d'un parterre rempli de militaires aux premiers rangs. Mais ce lieu n'existe plus, ce qui l'a remplacé n'a plus rien à voir.

— Où allez-vous avec ça, Monsieur ? me gronda un jour Maria quand je sortais un radiocassette à la main, on va vous le voler, vous risquez de vous faire agresser.

Je m'étonnai, mais elle insista pour me donner un sac afin d'y ranger l'appareil. Une autre fois, comme l'autobus ne venait pas, et que je ne savais pas ce que je devais faire, j'arrivais en retard aux répétitions mais c'est qu'à l'Est quand l'autobus tardait, tout le monde arrivait en retard alors qu'à Barcelone, quand j'expliquais que c'était à cause des transports en commun, on me reprochait de ne pas avoir pris de taxi. Mais l'idée ne m'avait même pas traversé l'esprit. Un jour, je fus agressé sur Las Ramblas alors que j'admirais un spectacle de jongleurs.

— Vous êtes vraiment naïf, Monsieur, se moqua Maria, et distrait !

— Appelez-moi Mark, la suppliai-je pour la énième fois.

— Ah oui ! dit-elle en se tapant le front, mais c'est l'habitude.

Quand elle se trompait, je lui disais « madame », alors elle comprenait et se reprenait.

Maria se débrouillait à merveille pour maintenir la maison propre, ordonnée, accueillante, parce que pour mon père, les questions domestiques n'existaient pas. Mais elle avait quelque chose de plus. Elle possédait une sensibilité spéciale que je n'ai jamais su identifier avec exactitude. Cette même sensibilité qu'elle manifeste assise ici au milieu du parterre par une attention sacrée. Maria est une femme spéciale.

Teresa

Chaque fois que je croise le regard d'Anna, je me souviens de ses dernières paroles à l'hôpital. Elles m'affectèrent si profondément qu'il me fallut beaucoup de temps pour m'en remettre. La blessure ne s'est jamais vraiment refermée. Je n'étais pas préparée à ce genre de réaction.

La personne qui me téléphona pour me prévenir, apparemment Maties avait mon numéro de téléphone dans un endroit visible, se montra directe, alors que le monde s'écroulait autour de moi : « Nous regrettons de devoir vous communiquer ces mauvaises nouvelles, la jeune fille est dans un état très grave et il a succombé à ses blessures. » Il ne s'en est pas sorti et tu ne comprends pas. Tu demandes ce qui s'est passé et ils t'expliquent qu'il y a eu un accident, que c'est un miracle s'ils n'ont pas fini dans la mer, parce qu'en dessous il y avait une petite plage et que pour l'instant ils ont réussi à secourir la fille, mais ils demeurent prudents, ils ne veulent pas prendre de risque et te dire qu'elle est sauvée alors qu'elle peut encore disparaître. Que c'est elle qui était au volant, qu'elle avait bu. Et alors tu penses, la pauvre, avec toute cette douleur, cela ne t'étonne pas, je ne sais pas ce que tu penses, mais tu pars en courant de chez toi pour la rejoindre à l'hôpital. « On peut prévenir sa mère ? » demande l'interlocutrice à l'autre bout du fil. « Non, personne ne sait où elle est, elle l'a abandonnée. » Et tu penses que maintenant c'est à toi de jouer ce rôle de mère.

Avec la douleur d'avoir perdu l'homme que j'aimais de cette façon tragique, je débarquai aux urgences. Anna était en réanimation, il y avait des horaires de visite à respecter et si on n'était pas de la famille... « Mais elle n'a personne d'autre », répliquai-je sèchement, « son père et moi étions ensemble. » Alors les infirmières baissèrent la voix et me présentèrent leurs condoléances. Un océan de larmes m'engloutit. On m'accompagna jusqu'au lit où Anna gisait, à moitié inconsciente, entourée de toutes sortes d'appareils destinés à maintenir ses organes en fonction. « Vous avez dix minutes », me dit-on. Je lui pris la main, elle avait des tubes partout, jusque dans la bouche, et des larmes coulaient sur ses joues parce que aucun engin médical ne l'empêchait. Je lui dis « Ne pleure pas ». Je crus qu'elle serrait ma main dans la sienne, je crus que les choses changeraient entre nous en échange de la mort de l'homme que nous aimions toutes les deux.

L'idée de ce voyage venait de moi.

— Je pense qu'elle a l'impression qu'elle ne t'intéresse plus, avais-je expliqué à Maties préoccupé par l'attitude de sa fille. Et j'avais ajouté : Ce serait peut-être bien que vous passiez quelques jours ensemble.

Maties jugea l'idée excellente et ils partirent à Monte-Carlo. Je ne sais pas comment les choses se passèrent entre eux, je lui avais dit que ce n'était pas la peine de me téléphoner, qu'il valait mieux qu'elle ne nous voie pas parler, qu'elle l'ait pour elle toute seule. Et j'attendis, confiante que tout s'arrangerait.

Nous faisons preuve de trop de confiance. Le temps a passé, et Anna n'a pas changé. Heureusement, moi si. Elle est devenue une femme adulte, elle a Mark et elle n'a besoin de rien d'autre. Elle a peut-être fini par trouver ce qu'elle cherchait.

Là-bas, aux urgences, j'essuyai ses larmes de la pointe d'un mouchoir, après avoir séché les miennes parce que j'avais perdu l'amour de ma vie. Avant lui, j'avais flirté avec un collègue mais cela n'avait jamais dépassé ce stade. Alors que je venais tout juste de trouver Maties, je le perdais. Tandis que j'attendais dans le couloir qu'on me permette d'entrer voir Anna, parce que je ne voulais manquer aucune visite, ni qu'elle soit seule, je me demandais comment j'allais lui annoncer que son père n'était plus.

— C'est à moi de le faire, disais-je aux infirmières.

— Pas maintenant, me répondaient-elles, c'est trop tôt, il faut attendre qu'elle aille mieux.

J'obéis, naturellement. Elles savent ce qui se passe, elles se préoccupent de votre chagrin. Plus tard, cette amabilité vous manque, elle crée une sorte d'habitude, donne l'impression d'être dans de la ouate imprégnée de cette odeur de pharmacie dont on ne peut se débarrasser et qui aussi finit par créer une habitude qu'ensuite on regrette.

J'attendais qu'Anna soit transférée à l'étage, comme si elle passait dans la classe supérieure. Rien n'est joué, mais ce premier titre ouvre des horizons, permet d'obtenir un travail ou de démontrer que vous servez à quelque chose.

Le jour où l'on m'apprit qu'Anna était sortie du service de réanimation, j'éprouvais une grande joie. Je grimpai les marches quatre à quatre. C'était une excellente nouvelle même s'il me restait maintenant à lui annoncer le pire, la mort de son père. J'entrai dans la chambre. Je trouvai Anna, avec de multiples fractures, et le danger de l'hémorragie interne écarté, allongée dans le lit d'une chambre double. Elle n'avait plus de tubes, juste une perfusion, une jambe suspendue et un bras dans le plâtre. Dans l'autre lit, une jeune fille, la jambe cassée, feuilletait un magazine.

Je m'approchai d'Anna en tournant le dos à sa voisine pour conserver un peu d'intimité. Elle me toisa comme si elle ne m'avait jamais vue. Son expression manifestait un mélange d'incrédulité et de haine. « Que fais-tu ici ? » me lança-t-elle. Déconcertée, je finis par répondre que j'étais là depuis plusieurs jours alors qu'elle se trouvait en réa, mais elle ne se souvenait de rien, les médicaments antidouleurs avaient tout effacé. Alors je m'armai de courage pour lui dire aussi délicatement que je le pus et en réprimant mes larmes : « Anna, ton père n'a pas survécu. »

Ce ne fut pas son premier regard mais le suivant que je n'oublierai jamais. Le premier, qui exprimait une simple réaction à l'information que je venais de lui donner était vide, il ne transmettait rien. Elle demeura ainsi quelques instants puis tourna la tête de l'autre côté comme si elle était saturée de mauvaises nouvelles et en avait assez de tout. Je lui caressai la main doucement tout en murmurant son nom. Alors elle sursauta, se tourna brusquement vers moi et me jeta ces mots venimeux : « Va-t'en, sale pute ! Je ne veux plus jamais te voir. » C'est alors qu'elle me lança ce regard rempli de toute la haine dont elle était capable. Ce regard que je n'oublierai jamais et qui marqua son visage d'une expression hostile et moqueuse qui ne la quitta jamais plus.

Je me levai et sortis de la chambre d'un pas vacillant. J'avais l'impression d'avoir reçu une balle en plein cœur, je ne pouvais plus respirer, je suffoquais.

Le lendemain, je voulus la revoir mais le médecin déclara qu'il avait interdit toute visite. Il me parut clair qu'elle ne voulait plus me voir. C'était fini, je n'avais plus qu'à m'en remettre comme je le pouvais.

Je devais oublier cet adieu définitif et punitif, tragique et blessant d'Anna, mais je devais aussi oublier Maties. Les premiers temps furent terribles, je le voyais partout, au moindre coin de rue et pourtant je savais très bien qu'il était mort puisque j'avais dû organiser son enterrement, j'étais la seule à pouvoir le faire, Anna étant encore à l'hôpital. Sépendre de la présence constante d'une personne constitue une épreuve d'une dureté terrible. Dernièrement, Maties était toujours à mes côtés et quand il ne l'était pas, nous nous appelions pour parler de nos problèmes et de nos inquiétudes. Cela faisait un an que nous étions ensemble et s'il n'y avait pas eu Anna, nous nous serions certainement installés chez lui. Chaque fois que je pensais à Maties, à côté il y avait Anna qui me lançait ce regard et ces mots blessants. Les premiers jours, cela me fit davantage souffrir que la perte de Maties. Anna savait exactement où planter son dard et avec quelle force pour me blesser profondément et pour toujours.

Tout oublier fut un processus long et très difficile. À dire vrai, je n'ai rien oublié, mais après une année, je commençai à pouvoir envisager le futur et à penser que je devais m'en sortir seule. Par contre, au début il m'était impossible d'avancer sans traîner avec moi une blessure douloureuse qui s'ouvrait à chaque mouvement. Les images de Maties et d'Anna se mêlaient, je me disais qu'un jour, avec le temps, je lui reparlerais, parce que je ne pouvais supporter de croire que notre relation se terminerait de cette façon. Parfois au beau milieu du cours, je laissais mon élève seul et sortais pleurer parce que je ne tenais plus. À mon retour, l'élève me regardait avec un air de profonde commisération comme s'il devinait que j'étais sortie pleurer.

Puis je décidai d'oublier Anna. Je ne pouvais plus rien faire, il fallait que je comprenne que c'était fini. Je crois que je suis parvenue à le faire. Les blessures commencèrent à cicatriser. Je mis encore beaucoup de temps à me sentir bien, mais j'appris à regarder devant moi, à profiter de ce que j'avais, à écouter les oiseaux, sentir les fleurs, jouer de la musique de nouveau, de la vraie musique. Quelques camarades du conservatoire me proposèrent de faire partie d'un quartet et j'acceptai. Cela dura plusieurs années et ce fut un remède efficace contre la douleur. Entre les concerts et mes cours, je redevins moi-même. Je ne revis plus Anna, je suppose qu'elle m'évitait, qu'elle prenait ses leçons aux heures où elle était sûre de ne pas me croiser. De toute façon, elle était sur le point de terminer ses études, en supposant bien sûr qu'elle les ait continuées après l'accident.

Au bout de quelques années, Karl fit appel à moi. Il me laissa un message au conservatoire, il voulait travailler avec moi. Je le rappelai et dans ce catalan à l'accent si germanique, il m'expliqua qu'il m'avait entendue lors de deux concerts et qu'il aimait beaucoup ma façon de jouer. Si j'étais intéressée, nous pourrions faire un essai sur divers morceaux qu'il préparait pour une série de spectacles. Ce n'était pas la tournée du *Concerto* de Bach, pas encore, bien sûr, mais je répondis que je serais ravie de faire un essai. J'en parlai avec mes camarades du quartet.

— Attention, me prévint la violoncelliste en souriant, cet homme est capable de tout.

— Que veux-tu dire ?

— Eh bien, qu'il a brisé le cœur de toutes les solistes qui ont joué avec lui.

— Allons, ce n'est pas vrai, c'est une légende.

— Tu verras, me répondit-elle mystérieusement.

Bien entendu, cet échange avait éveillé ma curiosité. Mais que Karl T. m'ait contactée me remplissait d'orgueil. Je connaissais son histoire, je savais qu'il avait demandé l'asile politique à l'époque du Rideau de fer alors qu'il s'était converti en parangon de l'authenticité musicale. Mais toute la publicité donnée à l'opération m'avait rendue méfiante. Je me disais qu'on l'avait aidé pour des raisons qui n'avaient rien à voir avec la musique. Je me trompais comme je le découvris en l'écoutant diriger l'orchestre qu'il avait créé ici avec des musiciens qui jouaient dans des ensembles désastreux et qu'il avait su unir et canaliser de sorte que la musique baroque et surtout Bach commencèrent à sonner comme on imaginait qu'ils l'avaient fait à l'époque de leur composition. Je sortis de ce concert, convaincue des qualités de Karl T. Voilà pourquoi je répondis aussitôt à sa convocation.

Il m'accepta et nous donnâmes plusieurs concerts successifs à travers le pays. Karl n'aimait pas beaucoup rester trop de temps en dehors de chez lui. Auparavant, il me fit faire un essai, un essai de l'âme :

— Vous devez gagner en agilité et laisser votre âme un peu de côté, me conseilla-t-il pour que je comprenne.

Je lui obéis et jouai d'une façon plus rigide, un peu comme Anna. Je lui plus.

— Je vous engage, déclara-t-il dit avec un sourire qui me fit l'effet d'une pluie d'été.

Je pensai à la décharge, au Stainer, à Maties, à Anna en me disant que ce qui m'arrivait à cet instant permettait de tout surmonter.

Karl ne parlait pas beaucoup mais se montrait exigeant, multipliant les essais et les répétitions.

— Nous travaillerons ici et ensuite avec l'orchestre, m'expliqua-t-il.

Ici, cela signifiait chez lui, dans cette maison où il n'y avait que sa domestique, Maria, et son fils, allemand lui aussi, Mark, qui n'était jamais là parce qu'il étudiait ou jouait à l'extérieur d'après ce que me dirent mes camarades du conservatoire qui paraissaient au courant de tout.

Les répétitions commencèrent. Karl se montrait intraitable. Il voulait que tout soit parfait. Les séances de travail se succédaient. Il n'était jamais satisfait, il avait en tête une interprétation que je devais capturer avec exactitude. Après je ne sais plus combien d'heures de travail, j'appris à lui donner ce qu'il attendait de moi. Nous nous entendions mieux. Il avait un regard et une énergie magnétiques. J'avais l'impression de comprendre parfaitement ce qu'il voulait, je me laissais absorber par ce regard. Nous faisions de la musique avec un grand M, un M majuscule, celle que je cherchais depuis toujours, à laquelle Mark ne parvient pas, qu'il me pardonne.

J'aurais fait n'importe quoi avec Karl. J'avais effacé Maties de ma mémoire ainsi que les paroles douloureuses d'Anna. Le monde se résumait à Karl et la musique. Puis un jour, alors que nous avions fini de jouer, il se leva et me demanda la permission de me tutoyer. « Bien sûr », répondis-je. Il s'approcha et moi, hypnotisée, je fus incapable de bouger. Il m'embrassa doucement au début puis avec passion et je lui rendis son baiser avec la même rage. Nous finîmes sur le canapé comme deux ados qui n'ont pas de lit pour faire l'amour.

Maria

Quand j'entendis Teresa jouer pour la première fois, je me dis que cette femme aurait bien mérité un Stainer comme celui que j'avais jeté à la poubelle, qu'elle en aurait fait des merveilles, parce qu'elle possédait une âme. Mais personne ne me demanda mon avis. Quand les choses se terminaient sur le canapé, Monsieur ne m'appelait pas, il n'avait pas besoin de public, bien évidemment.

Un jour que Mark était à la maison, ce devait donc être Noël ou une autre fête, parce que sinon on ne le voyait jamais, il était toujours en tournée, il vint me retrouver dans la cuisine en profitant d'une absence de son père, parce qu'il devait avoir envie de parler à quelqu'un. Je ne le comprenais pas toujours très bien. Il parlait un castillan très recherché qu'il avait appris à l'école, et il ne connaissait pas un mot de catalan, tout cela mêlé à des expressions allemandes comme le faisait Monsieur au début. Mark s'assit et me raconta toute sa vie, sans que je le lui demande ; il avait seulement envie de parler.

— Maria, si vous saviez comment sont les choses là-bas, et à quel point tout a changé ! Je m'y rends souvent et je n'arrive pas à le croire. Vous imaginez ? Avant on pouvait vous tuer parce que vous tentiez de passer d'un côté à l'autre.

J'écarquillai les yeux sans poser de questions parce que je savais que d'un côté ils tuaient ceux de l'autre, mais Mark me raconta toute une série d'incidents malheureux qui semblait ne pas avoir de fin au sujet de voisins, d'amis, de connaissances qui avaient essayé de passer le Mur :

— Parce que vous comprenez, c'était un mur comme dans les chantiers de construction sauf que d'un côté il n'y avait rien, ils avaient tout démoli, il ne restait qu'un terrain vague ou des fenêtres bouchées pour que personne ne puisse s'échapper. Ceux de l'autre côté regardaient parfois aussi de leur fenêtre ce qui se passait du nôtre. Pour nous, ils représentaient la liberté.

Il me regarda comme tiré d'un rêve et s'excusa :

— Pardonnez-moi, tout cela doit vous paraître bien compliqué, n'est-ce pas ?

— Ne vous en faites pas, monsieur Mark.

— Très bien, madame Maria.

Je me repris :

— Mark, je voulais dire Mark.

Il était assis sur une des quatre chaises de la cuisine et avait posé les pieds sur une autre.

— Je ne connaissais pas mon père avant d'arriver ici parce que ma mère et lui s'étaient séparés avant ma naissance. Ma mère n'avait jamais voulu lui révéler mon existence, elle l'a fait juste avant sa mort, dans une lettre qu'elle m'a chargée de lui remettre.

Je ne sais pas si elle ne voulait pas d'aide ou si elle avait peur que mon père use de ses relations pour me voir et alors cela aurait été pire pour elle, vous savez, parce que les dirigeants avaient toujours cru que mon père n'avait pas de famille à l'Est et donc quand il a fui il ne pouvait s'attaquer à elle en représailles.

Mark bâilla. Il était tard et nous étions fatigués tous les deux. J'aurais bien voulu qu'il aille se coucher et me laisse vaquer à mes occupations. Il dut lire dans mes pensées parce qu'il se leva tout en continuant :

— Ma mère le critiquait sans arrêt, elle lui reprochait d'aller avec d'autres femmes, elle ne l'a jamais compris.

Mark s'interrompit et je rougis sans raison. Heureusement il ne s'aperçut de rien et avant de partir, il conclut :

— Vous voyez, Maria, vous le connaissez mieux que ma mère. Mon père est un vrai célibataire, une espèce de moine de la musique.

Je ne pus me contenir et répliquai :

— Votre père va au plus profond de la musique.

Il se tourna alors qu'il était près de la porte :

— C'est ça, c'est exactement ce que je voulais dire. Bonne nuit.

Je le regardai partir se coucher sans comprendre comment il pouvait se montrer aussi aveugle. Puis je me dis que parfois nous croyons tout connaître de quelqu'un alors qu'en réalité nous ne savons rien ou si peu. Mark ne savait rien de son père, de la même façon qu'aujourd'hui il ne sait rien de sa femme, Anna. C'est peut-être mieux ainsi, il vaut peut-être mieux vivre dans un océan d'innocence, ça crée moins de problèmes.

Mes réflexions s'arrêtent là. On vient de jouer la dernière note du *Concerto* de Bach. Mark donne quelques indications. Anna l'écoute ainsi que Teresa. Puis chacune part de son côté sans se regarder. Mark se retourne et me cherche :

— Venez, Maria ! m'ordonne-t-il.

— J'arrive, j'arrive.

Je me lève avec difficulté, j'ai mal aux jambes, je sens des brûlures à l'estomac. Teresa l'a remarqué et vient m'aider :

— On y est presque, Maria. Demain on jouera le concert pour de vrai. Il faut que vous mettiez cette jolie robe que vous m'avez montrée...

Je ris. Mark et elle me traitent comme une enfant. Anna comme une moins-que-rien.

Monsieur enfilait des gants de soie pour s'occuper de Teresa. Il l'allongeait sur le canapé, la caressait, elle paraissait en extase. Elle ne ressemblait pas à ces autres femmes, à la cantatrice d'opéra qui riait et poussait des hurlements, pourtant Teresa était très jeune, elle avait quinze ans de moins que Monsieur, mais il était clair qu'elle était folle de son chef d'orchestre et j'eus de la peine en pensant que leur histoire finirait parce que avec lui tout avait une fin. Mais je restai pétrifiée le premier jour de son essai quand il lui reprocha d'avoir trop d'âme. Plus ou moins c'était ce qu'il m'avait dit à moi.

Il m'avait aussi expliqué un jour que les violons aussi avaient une âme. Il me dit de regarder par le trou élargi de l'instrument, dans la caisse de résonance :

— Vous voyez ce petit bâton ?

— Oui, ce petit bâton qui va de haut en bas sous le pont des cordes.

— Eh bien ça, c'est l'âme du violon.

Je regardai Monsieur pour voir s'il se moquait de moi mais il paraissait très sérieux. Et je restai avec cette image de l'âme en forme de cure-dents. Qui aurait cru que l'âme était ainsi, même celle d'un instrument. Si le curé de mon village l'avait su...

Monsieur m'avait donné des chansons allemandes à travailler et l'une d'elles me vola mon cœur. La partition contenait les paroles bien entendu, mais je ne les comprenais pas.

— Qu'est-ce que cela raconte ? demandai-je un jour à Monsieur.

— Cela parle de l'amour d'un berger pour une fermière et de son troupeau qui est blanc comme la peau de la fermière.

Je le remerciai et j'interprétai la chanson en connaissance de cause. C'était beaucoup plus facile de faire de la musique quand on savait de quoi on parlait. Je fermais les yeux et l'interprétai avec tout mon cœur. Monsieur me la fit répéter plusieurs fois me corrigeant quand c'était nécessaire. Puis quand j'eus terminé, j'ouvris les yeux et découvris, surprise, des larmes dans les yeux de Monsieur.

— Très bien, Maria, merci.

Je compris qu'il voulait que je parte. Je posai le violon sur une chaise, me retirai sans faire de bruit. Je me demandais pourquoi Monsieur pleurait. Peut-être parce que après toutes ces années, il avait réussi à m'apprendre ce qu'il voulait m'apprendre. Mais c'était égal, j'avais été très émue, c'était le plus important.

Après ce jour-là, il y eut une longue période sans leçons. Le violon me manquait et je profitais des absences de Monsieur pour le prendre et m'entraîner. Quand je ne jouais pas ses chansons allemandes, j'essayais d'interpréter les notes qu'il avait écrites sur une de ses partitions qu'il avait laissées sur le piano ou ailleurs, parce que dans cette maison ce n'était pas ce qui manquait les partitions. Parmi elles, se cachaient d'authentiques gymkhanas, des descentes de notes effrénées qui jusqu'à la fin maintenaient un rythme que je me voyais incapable d'atteindre. Je m'exerçais en cachette. J'y passais toute une semaine, Monsieur étant en voyage, et lorsque je compris que je n'y arriverais pas, j'éclatai en sanglots. Je pleurais longtemps. J'avais beau y mettre de l'âme et du sentiment, je ne pouvais trouver la bonne vitesse, c'était impossible, pour ça j'aurais dû passer ma vie à faire des exercices comme ceux qu'avaient pratiqués Monsieur, Teresa et tous les violonistes qui passaient à la maison. Même si Monsieur me dit un jour qu'il n'allait plus aussi vite parce qu'il ne s'entraînait presque plus et qu'il serait incapable d'exécuter un mouvement *presto*. Oui, un presto. Je ne savais pas à l'époque ce que ce mot signifiait mais j'acquiesçai parce qu'on sentait la vitesse dans cette expression et je sus par la suite que j'avais raison.

Cette salle de concerts capitonnée n'a rien à voir avec mon petit appartement, ni la maison où j'ai vécu tant d'années ni même avec la salle de musique de Monsieur où grâce à son aide je faisais de la musique ou du moins je croyais en faire. Rien à voir. Cette belle pièce est faite pour les messieurs et les dames sensibles, les mélomanes. Demain, je ferai comme eux, on m'a réservé une place au milieu du troisième rang parce que le premier était trop près et qu'on ne voyait pas bien.

Avec Teresa, la musique à fond a duré assez longtemps. Monsieur se présenta un jour à la cuisine. Je savais qu'il voulait un chocolat et le lui préparai. Il n'en prenait jamais dans la salle à manger de la même façon qu'il n'avait jamais invité une femme dans son lit. La salle à manger, c'était pour les repas, et le lit pour dormir. Les extras se passaient sur le canapé et dans la cuisine. Ce jour-là, il me reparla de la musique et des femmes :

— J'espère qu'à la fin vous comprendrez, me dit-il en toussant un peu et en me regardant du coin de l'œil pour voir ma réaction.

Moi, l'air de rien, je continuai à travailler. Je ne savais pas s'il me demandait si je comprenais ou si je devais finir par le comprendre un jour. De fait, pour moi le comportement de Monsieur était déjà quelque chose de si naturel que je ne me posais pas la question de savoir si je le comprenais ou pas, comme nous respirons sans y penser, eh bien pareil avec Monsieur et ses affaires. Je me demandais seulement si tous les musiciens agissaient de la même façon, si tous voulaient faire de la musique au plus profond. Puis je fis la connaissance de Mark et compris que non, que tous les musiciens n'agissaient pas ainsi. D'un autre côté, je me disais que je ne faisais pas de la musique pour de vrai puisqu'il ne voulait rien de moi. Si j'avais été aussi brillante que ces violonistes qui venaient à la maison, Monsieur aurait tenté quelque chose. La nuit, quand je fermais les yeux, j'essayais de m'imaginer sur ce canapé avec Monsieur me caressant comme il le faisait avec Teresa et tant d'autres que j'avais aperçues depuis ce premier jour où je n'avais pu décoller l'œil de la serrure. Je m'imaginais dans une scène semblable, Monsieur me couvrant de baisers, me déshabillant, me demandant de poser le violon, un violon qui n'était même pas à moi, et je m'allongeais sur le canapé de cuir noir pour faire de la musique à fond. Je n'avais pas honte, ni rien, je le laissais faire. Ces images étaient si persistantes qu'un feu grandissait en moi, me brûlait l'âme, la pensée et même le corps, si bien qu'à la fin quand j'ouvrais les yeux, je découvrais avec horreur et étonnement qu'en réalité j'aurais adoré que ça m'arrive. Mais ce n'était pas possible. J'étais une simple domestique. Il y a des choses qui ne changent pas, malgré toutes les leçons de piano qu'on veut.

— Vous trouvez qu'elle joue bien ? m'interrogea-t-il le jour du chocolat.

Je savais qu'il voulait parler de Teresa mais je fis l'idiote et lui demandai de qui il parlait pour gagner du temps. C'était d'elle, bien sûr, parce que nous savions très bien qu'il n'y avait qu'elle en ce moment, cette femme qui passait du canapé au violon depuis des mois et qui durait plus que les précédentes, certainement parce qu'ils préparaient plusieurs concerts. Monsieur attendait ma réponse la bouche pleine de chocolat et je me fis prier parce que j'avais peur de gaffer. Je n'osais pas répondre, je me contentai d'un :

— Je ne sais pas, je n'y connais pas grand-chose.

Alors il donna un grand coup de cuillère sur la table et il s'étrangla presque pour déclarer :

— Maria ! que dites-vous ! vous avez une oreille exceptionnelle et c'est dommage que vous ne soyez pas née dans une famille de musiciens.

Alors à mon tour je m'énervai :

— Pardon, Monsieur, mais je suis née dans une famille de musiciens !

— Ah oui ? s'étonna-t-il.

— Oui, mes parents étaient *cantaores* dans leur village.

Il avait l'air si stupéfait que je poursuivis :

— Ils jouaient et chantaient de la musique populaire en Andalousie. Du flamenco. Ma mère dansait aussi. Ils auraient voulu que je continue dans leur lignée, mais je suis partie très jeune et je n'ai chanté qu'une fois, lors de ma première communion.

Monsieur m'a paru très surpris :

— Vous n'avez jamais appris la musique ?

— Non, Monsieur, on jouait tout à l'oreille, chez moi.

Je ne savais pas quoi ajouter et je ne savais pas non plus pourquoi je m'étais compliqué la vie à lui raconter mon passé.

— Maintenant je comprends pourquoi vous chantiez au début...

— Oui, mais vous n'aimiez pas ça et j'ai arrêté, répliquai-je d'un ton offensé pour me venger.

Il avait fini son chocolat et je lui retirai sa tasse en espérant le faire partir.

— Mais non, enfin ! Maria je suis désolé mais il était impossible de jouer ou de composer avec vous chantant de cette manière.

Je n'essayai pas de deviner ce qu'il voulait dire par-là, je ne relevai même pas. À la place, je lâchai mon torchon et me plantai devant lui :

— Monsieur, vous m'avez appris à faire de la musique pour de vrai et jamais je ne pourrais assez vous remercier.

Je ne savais pas comment le lui dire autrement. Il marmonna quelque chose puis partit. Je me souviens qu'à cette époque les jours raccourcissaient. Noël approchait, parce qu'il y avait des petites lumières dans les rues pleines de joie. Tandis que je me dirigeais vers ma chambre, la clochette de la salle à musique sonna. Je maugréai « Que veut-il encore ? Il est casse-pieds. » J'étais fatiguée, je ne sais pas pourquoi, j'avais envie d'aller me coucher.

Il m'attendait à côté du piano. D'abord il me dit :

— Pardon, mais vous ne m'avez pas dit ce que vous pensiez de sa façon de jouer.

Il ne la nomma pas mais il s'agissait de Teresa, toujours elle.

— Je vais être claire, Monsieur, c'est la meilleure de toutes celles qui sont venues.

Monsieur demeura silencieux un moment puis il acquiesça lentement. Alors, il me donna le violon en me disant :

— Il est accordé, jouez-moi la chanson du berger et de la fermière s'il vous plaît.

Il avait une expression bizarre comme si sa vie en dépendait. Je n'osai pas refuser. Je pris le violon d'étude qui en dépit de tout avait une âme lui aussi et émettait des sons si tristes que j'avais mal en essayant de les reproduire. Je me préparai à jouer quand il m'interrompit :

— Un instant !

Il démarra par une introduction au piano. Je ne sais pas d'où elle sortait, je ne l'avais jamais entendue. À un moment donné il leva le menton pour me donner le signal comme il le faisait avec toutes ses musiciennes. Il voulait que je joue avec lui comme elles le faisaient et il offrait de m'accompagner. Je me lançai, un peu tremblante, puis me raffermit. Cette musique, accompagnée par le piano, c'était comme entrer au paradis. La salle, la maison, tout cessa d'exister, il n'y avait plus que Monsieur, moi, la musique et l'histoire d'un berger et d'une fermière qui finissait mal comme il me l'avait racontée. Je me sentis transportée dans un autre monde. Je compris pourquoi on disait que la musique apprivoise les fauves. Je compris pourquoi on disait qu'elle avait des pouvoirs de guérison. Je le compris ce jour-là en jouant avec Monsieur une chanson allemande qui parlait d'une fermière et d'un berger.

Quand le morceau s'acheva, j'ouvris les yeux et Monsieur se leva soudain très exalté, comme si quelque chose l'empêchait de respirer, comme si l'expérience l'avait profondément affecté. Il s'approcha de moi. Je ne bougeai pas d'un pouce en priant silencieusement « Sainte Vierge de la Macarena, nous allons finir sur le canapé. » Il frôla mon visage, se balançant d'avant en arrière, comme pris de vertige. Puis il me sembla qu'il se décidait et durant quelques instants, il me regarda avec une expression que je n'oublierai jamais avant de me lancer :

— Enlevez-moi cet uniforme !

Je ne me le fis pas dire deux fois. Je commençai par retirer mon tablier. Alors il me lança un regard que je n'oublierai jamais et me laissa. J'entendis claquer la porte d'entrée. Il était parti.

Le concert

Mark

La salle est pleine à craquer. Tout à l'heure, quand je suis entré, l'orchestre s'est levé et tout le monde m'a applaudi. Je me tourne vers le parterre. Je suis ébloui par les feux des projecteurs dirigés sur moi. J'ai des papillons dans l'estomac comme avant tout concert. L'adrénaline qui monte et descend finit par s'installer là où elle doit pour provoquer ce mélange d'émotion et de peur. Cette peur qui après est remplacée par la satisfaction et qui doit être ce que nous cherchons tous quand nous faisons des choses qui sortent de l'ordinaire, qui nous rendent nerveux, qui nous changent, et que malgré tout nous faisons. Ce doit être ça.

Je n'ai pas pensé à demander un micro. Je m'éclaircis la gorge, décidé à parler haut et fort pour que tout le monde m'entende. Un silence total descend sur l'assemblée.

— Bonsoir. Comme vous le savez, mon père est mort il y a dix ans alors qu'il se rendait à Vienne après un concert identique à celui que nous allons donner ici à Berlin. Mon père était un enfant de l'Est mais il a fui et s'est réfugié à Barcelone. Les Catalans lui ont offert l'asile politique, une maison et des facilités pour travailler. Mais il avait toujours rêvé de revenir et il l'a fait avec un concert au Staatsoper où il avait joué et dirigé en des temps difficiles.

Le théâtre est aujourd'hui fermé, voilà pourquoi nous nous retrouvons ici, au Schiller...

J'ai repris ma respiration avant de poursuivre :

— Bien, ce concert, comme vous l'avez vu dans le programme, nous allons vous jouer une sélection de compositions baroques qui inclut quelques *canzonettas* de Monteverdi, des arias de Purcell et de Haendel, et quelques pièces courtes de différents auteurs dans la première partie. La seconde est dédiée intégralement à Bach et se termine par le *Concerto pour deux violons*, une pièce qui comptait beaucoup pour mon père et que nous avons choisi de vous présenter avec les deux mêmes violonistes qui jouèrent avec lui il y a dix ans. Merci à tous de votre soutien.

Ils applaudissent de nouveau et le silence revient ; ce silence si particulier qui précède les concerts. Cette retenue de la respiration avant de lancer l'attaque, l'attaque musicale. Cela faisait des jours que je me demandais si je devais leur parler de moi et de mon expérience à Berlin-est, mais j'ai renoncé. Pour moi aussi, c'était très émouvant de revenir même si en raison des travaux c'était au Schiller et pas au Staatsoper où j'avais assisté à tant de concerts et où j'avais également joué du violon avec l'orchestre. Mais si je raconte ça, ils ne comprendront pas pourquoi mon père vivait à Barcelone et pas moi. C'est trop difficile à expliquer et je ne veux pas ternir son image alors qu'il ne savait rien de moi.

J'espère qu'il ne savait rien. Je reste avec un doute sur ce qui s'est réellement passé, s'il sut que ma mère était enceinte et si vraiment tous les deux m'ont dit la vérité. J'espère qu'il en est ainsi, et je crois que l'expression stupéfaite de mon père était sincère quand il lut la lettre de ma mère et me contempla d'un air suspicieux comme s'il n'arrivait pas à croire que je sois son fils.

Mais pourquoi penser à ça maintenant ? Nous avons tous des doutes, toujours. Je doute aussi d'Anna parfois. Je sais qu'il y a des choses qu'elle n'a jamais voulu me raconter. La seule certitude que je possède, c'est qu'elle ne veut pas que je la quitte un instant, comme si elle avait besoin constamment de ma présence. Et j'avoue qu'il m'arrive d'étouffer, parce que je ne sais pas vivre comme ça, j'ai besoin qu'on me laisse de l'espace, j'ai besoin de travailler seul, je suis musicien. Au début, j'ai cru que cela lui passerait mais je me suis vite rendu compte que je me trompais. Cela ne changerait pas parce que cela durait depuis trop longtemps. Et maintenant elle se plaint parce qu'elle veut un enfant et que je n'arrive pas à me faire à l'idée. Je n'ai pas le temps de m'occuper d'un enfant et elle non plus parce qu'elle vit collée à son Stainer. Quand elle répète, j'en profite pour m'échapper parce que c'est le seul moment où je peux le faire. Et comme elle a besoin de travailler pendant des heures, tout va bien. Tout va bien aussi quand elle collabore avec d'autres. On fait de plus en plus appel à elle, on dit qu'elle possède les doigts les plus agiles de toute l'Europe. Je ne sais pas si c'est vrai mais ce que je peux assurer c'est qu'elle est douée et capable de jouer des passages rapides à des vitesses supersoniques. Elle aurait ravi les compositeurs baroques, je ne crois pas qu'à leur époque quelqu'un allait aussi vite. Aujourd'hui nous accélérons tous pour pouvoir tout faire à temps, parce que notre temps est compté, même pour Anna qui se montre de temps en temps inquiète dans la préparation de ses concerts et de ses tournées.

Comment élever un enfant dans des conditions semblables ? C'est impossible. Et s'il faut prendre une gouvernante, à quoi bon ? Les enfants doivent être avec leurs parents. De plus, je la suspecte d'utiliser cet alibi pour mieux m'enchaîner. Mais il est vrai qu'à son âge, elle doit penser qu'elle n'a plus le temps. Je le reconnais. Mais ce ne sera pas avec moi, c'est hors de question.

Anna

Ce matin, j'ai fait un test de grossesse et il s'est révélé positif. Si je suis toujours nerveuse à l'idée de jouer, aujourd'hui c'est encore pire. Mark et moi allons devenir parents. Je sais qu'il n'en a aucune envie, mais cela m'est égal. À mon retour, j'irai voir le médecin pour qu'il me suive parce qu'à mon âge une grossesse comporte plus de risques. Aujourd'hui je crierais de joie si je le pouvais, aujourd'hui tout est différent parce que je sais que je vais avoir un enfant et que Mark ne me quittera pas.

Je suis nerveuse avant tous mes concerts, c'est vrai, même si cette fois ce sont des circonstances exceptionnelles, et je le suis encore plus quand je joue le *Concerto* de Bach, l'œuvre préférée de Karl, qu'il connaissait comme s'il l'avait composée lui-même. Je suis restée dans la loge pour ne pas attendre dans les coulisses avec Teresa et demeurer à ses côtés. Et puis cela me permet de réviser ma partie. Elle ferait mieux de m'imiter au lieu d'écouter le concert. Je ne sais pas quel âge elle peut avoir, dans les soixante ans peut-être parce qu'elle était déjà bien plus âgée que moi quand elle était mon professeur. Elle ne jouera plus très longtemps, elle ne pourra plus. Et elle ne m'arrive pas à la cheville, elle n'est pas assez rapide. Mais Mark n'a pas voulu m'écouter et il l'a convoquée. Il disait que si son père l'avait voulu ainsi c'était qu'il y avait une raison. Je ne le lui dis pas mais il devrait savoir que nous ne nous ressemblons en rien, même pas musicalement. Teresa et moi n'avons strictement rien en commun.

Le petit est dans mon ventre. Je suis sûre qu'il commence à bouger même s'il est tout petit, minuscule comme un ver, ou même pas. Je ne sais rien de toutes ces choses mais mon petit existe, il grandira et il jouera peut-être du violoncelle comme son père ou sera chanteur d'opéra. Peu importe, il fera ce qu'il voudra mais ce sera mon fils et je resterai à ses côtés toute ma vie. Mark aussi restera avec nous. Nous serons ses parents et nous formerons une famille exemplaire, une famille comme celle que je n'ai pas eue, parce que je n'ai rien à voir avec ma mère, ni avec mon père, ni avec Teresa.

Cette sorcière ne vint pas me voir quand je quittai l'hôpital. J'avais demandé au médecin de lui interdire les visites. Je l'avais fait pour qu'elle ait encore plus envie de me voir, pour qu'elle ait besoin de moi et pour qu'elle s'occupe de moi à ma sortie. Rien de tout cela ne se produisit. Je n'avais personne. Alors que j'avais besoin d'elle, elle m'abandonna. Je la haïssais alors comme je la hais aujourd'hui. Elle se désintéressa de moi, elle me laissa tomber, me quitta comme tous les autres. Ma seule consolation, c'est que j'ai gardé son Stainer.

Elle mérite aussi d'être restée sans son Maties. Mais pas moi. Quand elle m'annonça que papa était mort, je crus que c'était la fin du monde. Quel sens cela avait-il que papa soit mort et pas moi. Je l'avais fait pour que nous mourions tous les deux, pour que nous quittions ce monde unis à jamais. Pour qu'ensuite Teresa apprenne que nous avions eu un accident, que nous étions morts et qu'elle n'avait plus personne. Un jour aussi cela parviendrait aux oreilles de maman. Si elle était toujours en vie.

Si elle-même n'était pas morte. À l'époque je n'en savais rien. À mes yeux d'enfant, elle était partie soudain dans un paradis sans enfants pour lui froisser ses vêtements, un paradis où l'attendaient certainement beaucoup d'hommes et une domestique à qui elle déclarerait vers les sept heures : « Je ne dînerai pas ici. »

Mes souffrances auraient pris fin. J'aurais fini d'habiter un monde qui n'était pas fait pour une fille comme moi, au cœur brisé, abandonnée par sa mère, puis par son père qu'une opportuniste se faisant passer pour une amie lui arrachait alors qu'il était toute ma vie. Si elle avait tenu à moi comme elle le prétendait, elle serait venue me voir, chez moi, où je vivais seule désormais, avec quelques employés payés en heures supplémentaires pour veiller sur moi nuit et jour. Parce que je me retrouvais soudain à la tête d'une petite fortune que j'avais la responsabilité d'administrer même si je n'avais pas du tout la tête à ça et que ces questions économiques me pesaient, représentaient une charge trop lourde.

Je suis restée seule des journées entières avec ces femmes, deux de jour et une de nuit qui se relayaient à mon chevet. Enfermée dans la chambre à contempler par la fenêtre l'étang aux eaux stagnantes qui retenaient mon âme et la retiendrait toujours.

Hier après la répétition j'ai obtenu de Mark qu'il vienne se promener avec moi au bord de la Spree. La nuit était noire et humide. Mais il m'a suffi de me pencher pour voir clairement mon âme prisonnière. « Pourquoi souries-tu ? » m'a dit Mark en me regardant intrigué. « Oh, pour rien ! » ai-je répondu en glissant mon bras sous le sien, « tu sais que je suis bien près de l'eau. » C'est ce que je dis à tout le monde pour ne pas avoir à donner d'autre explication, parce que personne ne comprend mon attirance pour les fleuves. Pourtant ils émettent une musique qui siffle et se glisse dans un coin de ton cerveau où se niche le souvenir des morts et des vivants qui sont passés dans l'histoire.

J'ai fini. Je pose le Stainer et je m'assieds dans le fauteuil de la loge. Tout à l'heure, je me dirigerai vers la scène et j'attendrai que vienne le moment de jouer le *Concerto* de Bach et de faire ce que j'aime le plus au monde, c'est-à-dire m'exhiber devant une Teresa qui professionnellement n'a plus de grandes perspectives, et dans sa vie personnelle non plus, parce que le temps passe pour elle aussi, malgré tous ses efforts pour s'arranger, se maquiller. Plus que quelques années, et je ne la trouverai plus sur mon chemin parce qu'elle ne pourra plus jouer aucune note, ni vite ni lentement. Encore un peu de patience, Anna.

Maria

Aujourd'hui, précisément aujourd'hui, je ne serais pas sortie de mon lit. Je ne sais pas comment je me débrouille pour supporter de rester ici assise tout un concert. La chose a assez duré. À mon retour, j'irai consulter un médecin. Mais pour l'instant, je dois tenir. J'ai un travail à finir.

Anna se présenta à la maison six mois avant la mort de Monsieur. Oh, pas parce qu'il en avait fini avec Teresa, pas du tout, les deux passaient sur le canapé, du moins jusqu'à ce qu'elles commencent à jouer ensemble. Pendant deux ou trois ans, il n'y eut que Teresa. Je me disais que Monsieur vieillissait et que le fait de me demander d'enlever mon uniforme d'une certaine façon avait été son point d'inflexion dans sa façon de comprendre les choses.

L'uniforme, qui me donnait un air plus âgé, finit dans un placard. Alors me revint la difficile tâche de m'acheter des vêtements parce qu'il fallait bien que je m'habille, je n'avais des vêtements que pour les jeudis et les dimanches matin. J'essayai la robe que je mettais quand je sortais avec ce garçon de la messe et elle ne m'allait plus. Je me contemplai dans le miroir et j'aperçus de fines rayures qui se creusaient et qui maintenant sont devenues des rides. Mes cheveux avaient grisonné. Je ne les attachais plus en queue-de-cheval mais en chignon pour ne pas être gênée par des mèches. Soudain je me demandai si j'aurais dû laisser ce garçon aller plus loin dans ses caresses, si cela aurait changé ma vie... J'aurais peut-être eu un mari, des enfants, j'aurais vécu dans une autre maison plus petite mais à moi, comme l'appartement que j'occupe aujourd'hui. Mais sûr que je n'aurais pas appris à jouer du violon. Il est sûr aussi que je ne me serais pas sentie comme je me sentais dans la maison de Monsieur où j'étais libre presque comme si j'étais chez moi. Et je n'aurais pas eu un buste de Beethoven à nettoyer et à saluer d'un « *Gutn'Tag* ».

— Je vous préfère, sans uniforme ! Pas vous ? s'exclama Monsieur en me voyant.

Je ne savais pas quoi lui répondre, je ne faisais pas attention à ce genre de choses. Mais je suppose que oui.

— Allez, venez jouer, me dit-il en fermant les yeux.

J'étais étonnée qu'il me fasse jouer alors qu'il était actif avec Teresa, c'est-à-dire sur le canapé chaque fois qu'elle venait. Normalement dans ces périodes, il oubliait ma leçon. Mais à partir de cette histoire d'uniforme et de Teresa tout fut différent. Monsieur n'interrompit plus ses leçons avec moi. Je continuais à jouer, à apprendre, et Monsieur ne versait plus de larmes mais se montrait distant et si sérieux que parfois je me disais qu'il était fâché avec moi. Je jouais toutes ces chansons qui griffaient le cœur de celui qui les écoutait, Monsieur m'avait offert un disque pour que je sache comment on les interprétait.

— Maintenant, vous devez faire la même chose avec le violon.

J'étais sur le point de lui répliquer que le violon ne chante pas, mais je me retins parce que j'avais tort, ce n'était pas vrai, le violon chantait, bien sûr que oui, et il pouvait être aussi mélancolique que s'il avait exprimé des paroles et c'était ce que voulait dire Monsieur.

Quand il s'absentait, je jouais plus souvent, plus longtemps. Je me laissais porter par ces chansons qui parlaient de terres inconnues lointaines mais avec une tristesse que pouvaient partager les hommes et les femmes du monde entier. Parfois je me laissais emporter et après je devais me dépêcher de finir ce que j'avais laissé en plan parce que quand je commençais, je ne pouvais plus m'arrêter. Je savais par cœur toutes ces chansons, Monsieur me félicitait chaque fois qu'il m'entendait les exécuter et promit qu'il m'apporterait d'autres partitions parce que celle-là je la connaissais trop bien. Malgré son ton distant de ces derniers temps, il me souriait et me remerciait et je partais non sans le léger mouvement de la tête, comme une révérence, que je faisais depuis le premier jour où j'avais mis les pieds dans cette maison. Un geste que m'avait appris ma mère pour saluer les messieurs qui avaient plus d'argent que nous. Et moi dès le premier jour, je compris que Monsieur avait beaucoup plus d'argent que moi.

C'est joli tout ce que j'entends ici, c'est de la musique qui te touche au fond du cœur, et les chanteurs ne sont pas comme cette cantatrice du canapé, non, ils sont beaucoup plus discrets, ils parlent au lieu de crier comme s'il voulait rompre le cristal. Tiens, ils font penser au violon. Parce que c'est à l'envers, et on dirait que le violon est la voix humaine.

Anna apparut dans la maison comme une grande révélation.

— Je dois recevoir aujourd'hui l'une des meilleures violonistes du pays, m'avait prévenu Monsieur de bon matin. Soyez attentive et écoutez-la jouer, Maria.

— Oui, Monsieur, répondis-je, obéissante.

Je savais que Monsieur devait partir en tournée à travers l'Europe avec son orchestre, un chanteur et deux violonistes pour jouer le *Concerto* de Bach des dimanches matin. L'une des violonistes était Teresa et j'en étais heureuse parce que même si elle aussi passait par le canapé de Monsieur, on voyait que c'était une bonne personne, elle me souriait toujours et se montrait aimable, pas comme les autres qui faisaient comme si j'étais invisible et se dirigeaient vers la salle de musique sans que je les y invite, alors que c'était moi qui devais leur permettre d'entrer ou pas selon ce que m'avait indiqué Monsieur.

Anna faisait partie de ce genre de personnes. Quand sa première session strictement musicale avec Monsieur se termina, il passa me voir à la cuisine et me demanda mon avis. Je ne savais pas quoi lui dire parce que lui, de bon matin, m'avait dit qu'elle était la meilleure et moi cela ne m'avait pas paru aussi clair. Mais je pris mon courage à deux mains et lui répliquai : « Elle joue des notes. » Il baissa la tête :

— Oui, vous avez raison, elle joue des notes, beaucoup de notes, et très rapidement, mais rien de plus, il lui manque une âme. C'est l'opposé de Teresa et il se trouve que je dois les réunir pour la tournée. Je crois que je me suis trompé avec cette fille.

Ce jour-là, il ne prit pas son chocolat crémeux, juste un verre d'eau puis il repartit.

— J'ai besoin de réfléchir, fit-il.

Je compris qu'il n'était pas de très bonne humeur. Quand il passa à côté du buste de Beethoven, il lui donna une tape de la main au lieu de le saluer comme si le musicien était responsable de tous les maux de la terre.

Monsieur finit par emmener les deux. Je crois qu'il décida qu'il trouverait le moyen de les unir. Ce fut ce que je déduisis à force de les entendre répéter. Anna fit un second essai et cette fois il lui demanda d'y mettre plus d'elle-même. Elle s'exécuta et Monsieur parut satisfait. Aujourd'hui je pense qu'elle fit semblant, tout était une pure comédie parce qu'elle savait feindre, musicalement parlant, une sensibilité qu'elle ne possédait pas. Cette comédie, c'est ce qui l'a conduite là où elle est et aussi dans les bras de Mark qui semble ne plus pouvoir se passer d'elle.

Anna finit sur le canapé quand elle prouva à Monsieur qu'elle était la violoniste dont il avait besoin. Cela se passa le jour où elle apporta le Stainer. Cette fois-là j'avais bien dû reconnaître qu'elle avait joué très bien même si je ne l'aimais pas, non seulement parce qu'elle m'ignorait quand je lui ouvrais la porte, mais à cause de ces poses qu'elle prenait toujours, qu'elle marche, demeure immobile ou joue du violon. Elle était grande et mince, la peau mate, les cheveux noirs, elle semblait plus de ma terre que catalane, et elle avançait avec aplomb sur des talons aiguilles qui, moi, m'auraient fait tomber par terre. Dès que Monsieur lui dit : « C'est bon, tu es engagée », un silence se fit. Je collai mon œil à la serrure. Ça ne rata pas, ce qui devait arriver, arriva. Je me souviens d'avoir pensé, il n'a pas encore dit adieu à Teresa. Mais il ne pensait pas le faire. Puisqu'il montait un concert avec ces deux femmes, ces deux violonistes devaient aussi être dans sa vie. Une vraie nouveauté ! Ce n'était jamais arrivé avant, et je ne savais pas comment Monsieur allait se débrouiller. J'espère qu'elles ne tomberont jamais l'une sur l'autre, pensais-je.

Mais cela finit par se produire. Je n'oublierai jamais cette rencontre. Monsieur n'avait pas dit à l'une que l'autre venait et inversement. Elles se retrouvèrent un jour de répétition. Sainte Vierge de la Macarena, on voyait bien qu'elles se connaissaient et ne s'appréciaient pas du tout. Je me souviens encore de l'expression de Teresa quand j'ouvris la porte du salon pour faire entrer Anna. Ce mélange de stupeur, d'incrédulité et d'exaspération. Elle ne décrocha pas un sourire. Monsieur dit : « C'est elle », et Anna lâcha : « Nous nous connaissons. » Elles ne se serrèrent même pas la main, Teresa se contenta d'un : « Cela fait des années que nous ne nous sommes vues. » Alors Monsieur qui était très fin, remarquant qu'il se passait quelque chose, se mit à parler de musique. Et elles jouèrent très bien. Je fus étonnée de voir à quel point Monsieur avait réussi à unir deux façons si différentes de faire la musique, l'une qui venait de l'âme et l'autre de l'agilité et de la technique.

Un mois auparavant, Anna avait apporté son Stainer à la maison. Elle voulait certainement impressionner Monsieur et elle y parvint, mais pas pour les raisons qu'elle imaginait. Monsieur lui demanda de lui prêter un instant le violon et sortit de la salle, l'instrument dans la main, alors que je faisais semblant de nettoyer le buste de Beethoven. « Maria », me dit-il à voix basse en me trouvant dans le vestibule, à peine étonné de ma présence, les yeux brillants. « Regardez, c'est le nôtre ! » poursuivit-il sur le même ton en m'indiquant les lettres dans l'esse. Je compris enfin, après toutes ces années, pourquoi il appelait ce violon le Stainer.

— Et ça, ajouta-t-il brusquement, c'est la marque d'une fissure dans un coin qu'on a fait réparer.

— Quand il est tombé dans la décharge... suggérai-je en rougissant.

— Oui, dit-il en contemplant le violon et il soupira : Après toutes ces années...

Ce qui m'avait déconcertée, c'est que Monsieur avait dit, c'est le nôtre. J'observai l'instrument avec attention. La vérité, c'est que je ne l'avais jamais vraiment eu dans les mains, sauf le jour où j'avais cru qu'il me demandait de m'en débarrasser.

— Je ne suis pas sûre...

— Moi oui, répliqua-t-il, c'est celui de Salz...

Salz... Je ne sais pas quoi. Puis il retourna au salon en marmonnant : « Qui l'eût cru, quelqu'un a trouvé un trésor dans une poubelle... »

Il ne demanda pas à Anna d'où elle le tenait. Elle avait pu le trouver dans la décharge ou l'avoir acheté à un chiffonnier... Pourtant elle semblait avoir des moyens. De toute façon, connaissant Monsieur, sûr qu'il ne voulait pas la mettre dans l'embarras. Il était comme ça. Cependant, elle dut juger qu'elle lui devait une explication.

— Je l'ai depuis de nombreuses années, c'est un cadeau de mon père, déclara-t-elle.

— Il l'a acheté ici ? interrogea Monsieur.

— Je ne sais pas, et je ne peux pas le lui demander, il est mort.

La conversation s'arrêta là. Je n'entendis plus rien. Puis le téléphone sonna et je filai. Plus tard, Anna finit par lui donner le violon. En échange de quoi ? je l'ignore. Ce fut ainsi que le Stainer rayé, ce violon d'une valeur inestimable que j'avais jeté à la poubelle revint à la maison après toutes ces années. Un jour, Monsieur m'appela au salon et me tendit le Stainer en me demandant de jouer une des chansons allemandes. Ce fut un moment très émouvant. Quand je l'avais jeté par mégarde, j'ignorais que deux violons pouvaient être différents et voilà que je me retrouvais à savoir en jouer.

Les mains tremblantes, je pris l'instrument et me lançai. Je savais de quelles chansons il voulait parler, celles qui évoquaient sa terre natale et sans doute celle de la fermière et du berger. Je la jouai donc, émerveillée parce que ce violon était magique, comme s'il portait le soleil à l'intérieur ou quelque chose du genre.

— Mon Dieu ! m'exclamai-je en m'arrêtant après quelques mesures.

— Allons, continuez à jouer ! s'écria Monsieur exaspéré comme si je l'avais interrompu en pleine extase.

Je repris, les yeux fermés. Conduite par le Stainer, j'arrivai au final comme si j'avais voyagé sur un navire enchanté. Lorsque je finis, je ne pus m'empêcher de m'écrier : « Ce violon est magique. » Monsieur acquiesça sans même me regarder et mon cœur se serra parce que je le trouvais un peu bizarre dernièrement.

Plus étrange encore, quand Anna l'utilisait il ne faisait pas de magie. Il sonnait comme un violon normal. Il était donc clair que selon la personne qui le prenait, le Stainer était ou n'était pas enchanté. Déconcertée, je me rendis à la cuisine en laissant le salon plongé dans un silence de sépulcre. Monsieur qui regardait fixement le piano ne me souhaita même pas bonne nuit.

À partir de ce moment, je pus jouer sur le Stainer mais seulement quand Monsieur n'était pas là, parce qu'il ne me le permit plus en sa présence. « Non, prenez le violon d'étude », me dit-il, « il est là pour ça. » Je continuais à travailler, à progresser mais, bien sûr je notais une grande différence avec le son qu'émettait le Stainer.

Ce fut une période insolite. Monsieur n'était pas lui-même, nous avions retrouvé le Stainer, pourtant je commençais à penser que malgré toute la magie dont cet instrument était capable, il aurait peut-être mieux valu qu'il ne réapparaisse pas. On aurait dit qu'il nous avait jeté un maléfice comme ceux que les gitanes de ma terre lançaient quand on ne leur plaisait pas ou que quelqu'un le leur demandait parce qu'il te voulait du mal. Tout semblait avoir perdu ses couleurs ; nous, lui et moi, étions devenus plus âgés. Je m'attristais en pensant que j'avais pu décevoir Monsieur en jouant sur le Stainer. Après tout, je n'étais qu'une simple domestique, avec ou sans uniforme.

Et puis Anna et Teresa démarrèrent les répétitions. Il n'était plus question de canapé. Je ne sais pas si Monsieur avait imaginé un plan à trois mais il allait rester avec son envie parce qu'elles ne se supportaient pas. Et bien entendu, pour faire des choses particulières avec une autre personne, il faut se supporter et bien plus.

Aussi avec ces deux femmes, les deux mêmes qui vont jouer la dernière partie du concert, je n'entendis plus que de la musique. Et de quelle façon ! À force de les écouter jouer le concerto du dimanche matin, je développais une oreille assez fine. Teresa était la première à entrer, une entrée douce mais ferme poussée par cette force qu'en dépit de tout elle portait à l'intérieur ; peu après Anna la suivait et on aurait dit qu'elle voulait la dépasser alors qu'elle savait que les deux arriveraient à la fin au même moment. Monsieur les interrompait de temps en temps les obligeant à reprendre certains passages. Tout était très sérieux, très strict. Quand elles avaient fini, elles partaient chacune de son côté et Monsieur restait dans le salon à contempler le piano. C'était bizarre...

Ce fut alors qu'il m'annonça :

— Nous partons la semaine prochaine. Je serai absent quinze jours.

Teresa

Anna s'est enfermée dans sa loge pour répéter. Nous ne saurions être plus différentes. Moi, je profite des derniers moments pour me concentrer, me chauffer un peu les doigts, par exemple, tandis qu'elle, elle choisit de sortir se promener. Elle le faisait déjà il y a dix ans. Aujourd'hui, je ne sais pas si c'est une bonne idée, il pleut et les feuilles mortes ont transformé les trottoirs en patinoires. Et il fait sombre. Ce pays si obscur… Je me demande si le concert est une bonne initiative. Quelle idée de rouvrir des cicatrices qu'il a fallu tant de temps pour fermer, en tout cas pour moi ! Chaque fois que je revois Anna, cette histoire trouble et douloureuse me vient à l'esprit, je dois prendre sur moi et me retenir pour ne pas faire un scandale.

Mais ce n'est rien comparé à notre première tournée. Karl s'était fait mystérieux, il ne m'avait même pas dit si l'autre violoniste était une femme ou un homme. Je pus juste lui soutirer que le musicien me plairait. Après avoir considéré deux ou trois options, il m'annonça un beau jour : « Demain je te présente ta rivale. » Rivale ou complémentaire, tout dépend de la façon dont on voit les choses, bien sûr. Je pense que les deux mélodies s'entrelacent et se complètent, mais elles rivalisent aussi pour voir laquelle attire le plus l'attention avant de parvenir au final au même moment. Néanmoins avec Anna, il n'y eut rien d'autre que la compétition. Quand je la vis entrer dans la salle accompagnée de Maria, je me dis : « Mon Dieu, faites que le monde s'arrête, je veux descendre. » Mais Dieu n'a pas arrêté la terre, on aurait dit qu'elle s'enfonçait, qu'une catapulte m'attrapait de nouveau. À cet instant, je me maudis pour ne pas avoir assujetti ma participation à cette tournée à l'identité du second violon. Mais jusqu'à ce que je voie Anna, cela m'était absolument égal. Quelle que soit la personne, je savais que Karl en tirerait le meilleur, qu'il obtiendrait le son parfait, qu'il saurait unir les deux violons de Bach, que lui seul pouvait le faire. Jamais je n'aurais imaginé que l'élue serait Anna, même si ces dernières années elle s'était fait une réputation, et était devenue à la mode. Je ne sais pas, je ne pensais pas que ce serait le genre d'instrumentiste que recherchait Karl. Et pourtant ce fut le cas.

Elle aussi fut surprise, bien plus, elle me parut interdite. Aucune de nous ne sut quoi dire. En cela nous fûmes égales. Karl venait de mélanger l'eau et l'huile et il ne le savait pas. Anna murmura que nous nous connaissions et je marmonnai qu'il y avait très longtemps que nous ne nous étions vues, pour briser la glace. Maria s'aperçut qu'il se passait quelque chose parce qu'elle a beau feindre le contraire, elle voit tout, et elle est très fine. Karl ne remarqua rien ou fit tout comme et nous demanda de nous mettre au travail. Ce ne fut pas une partie de plaisir, je me montrai distraite. Je me demandais si je ne ferais pas mieux d'abandonner le projet. Mais ce n'était pas possible, il manquait peu de jours avant de partir en tournée, cela n'aurait pas été correct.

À ma grande surprise, ni ce jour-là ni un autre, Anna n'apporta le Stainer. Cela me parut réellement insolite. S'il y avait bien un endroit où il fallait le faire briller, c'était dans une tournée comme celle-ci. Nous devions passer par Vienne, Rome, Madrid et Paris en commençant par Berlin. Comment ne pas jouer sur le Stainer dans ces capitales européennes ? Peut-être ne l'avait-elle plus, pensai-je, mais elle aurait été idiote de s'en défaire, comme je l'avais fait. Il me sembla aussi détecter quelque chose entre Karl et elle, mais franchement, cela ne m'étonna pas. Je m'y attendais, Karl ayant la réputation de draguer toutes les musiciennes avec lesquelles il travaillait, même s'il s'agissait d'une femme plus jeune que lui, comme Anna. Mais il me suffisait de jouer avec lui, je n'exigeais rien de plus de sa part, si ce n'était de toucher le ciel de la pointe des doigts grâce à son génie. Ce que j'ignorais et aurais aimé savoir, c'était si Anna était consciente que Karl agissait ainsi avec toutes les femmes, parce qu'elle a toujours cherché des personnes qui pouvaient lui appartenir à elle seule. Et Karl n'était pas une personne exclusive.

Lorsque je rentrai chez moi après cette première rencontre avec Anna chez Karl, je pensais que c'était vrai, que le destin en faisait de belles, mais que cette fois il s'était surpassé !

Anna

Nous sommes à la moitié du concert. Le public, concentré, applaudit avec passion. Ici, c'est rare, pas comme à Barcelone où les spectateurs n'hésitent pas à montrer leurs sentiments. C'est très curieux, au début, cette différence de réaction entre une ville et une autre surprend alors que tu as joué à peu près de la même façon. Après, tu t'aperçois que les Méditerranéens mettent plus de sentiment que les Nordiques. Ce doit être dans le sang, le nôtre est plus chaud, nous nous fâchons davantage et nous tolérons peu qu'on se moque de nous. Ici, au contraire, il y a quelques applaudissements et c'est tout, quoi qu'il arrive. Enfin en général, parce que ce soir, le public se montre particulièrement animé.

Les répétitions avec Karl et Teresa étaient animées, elles aussi. Heureusement, il n'y en eut que deux avant de rejoindre l'orchestre au complet. Cette fois, une seule a suffi avant que nous ne retrouvions les autres musiciens.

Je prends mon violon et je quitte la loge. J'aperçois Teresa de loin et je me dis de nouveau qu'elle n'est plus ce qu'elle a été. Je me souviens qu'elle avait une présence physique forte et qu'il y a quelques années, je l'enviais alors que je me trouvais maigre, fragile. Maintenant je sens que les années lui pèsent. Et elle ne peut plus avoir d'enfants.

Son tour est passé. Elle croyait peut-être que mon père lui en donnerait. J'aurais pu avoir un frère… De cette femme, jamais, quelle horreur !

Mark quitte la scène en essuyant la sueur sur son front avec un mouchoir blanc, un de ses mouchoirs qu'il garde toujours dans sa poche et qu'il exige d'avoir. J'ai dû demander à son assistante d'en mettre une pile en priorité dans sa valise, même avant ses chemises. Il est maniaque. Je lui souris et je lui demande si tout s'est bien passé. Il se contente de hocher la tête. Je lui emboîte le pas, je l'accompagne dans sa loge. Il ne fait pas très attention à moi.

— Tu veux que je t'apporte quelque chose ?

— Non merci, dit-il avec un demi-sourire. À tout à l'heure.

Il me ferme la porte au nez. Il me laisse dehors. J'ai l'impression qu'il vient de me blesser profondément, comme si j'avais reçu un coup, soudain j'ai du mal à respirer. Je me souviens qu'après ma sortie de l'hôpital, j'avais les mêmes symptômes, et je devais me faire accompagner partout. Mais cela ne m'était plus arrivé depuis longtemps. Même si ce n'est pas la première fois que Mark peut se montrer blessant. Je me retourne pour vérifier que personne n'a rien remarqué, je pose le violon sur une chaise, délicatement, et je sors en marchant comme un automate. Je croise des musiciens qui sont sortis fumer une cigarette en profitant de la pause, et pourtant il pleut. De petites gouttes constantes qui tombent sans bruit, mouillent tout lentement et font briller les feuilles mortes. En réalité c'est mon âme en lambeaux que je vois s'éloigner et se défaire en tombant par terre, qui se mêle aux feuilles colorées qui se sont assombries parce qu'il n'y a plus de lumière.

Hier, sur la Spree, mon âme s'affaiblissait. Maintenant, elle s'est brisée.

J'aimais le fait que Karl vive si près de la maison, mais il ne devait pas voir l'étang dessiné sur le plafond de sa chambre parce qu'il en était plus éloigné. Je ne suis pas sûre, je ne l'ai jamais su, parce qu'il ne me montra jamais sa chambre, il insistait pour rester dans la salle de musique. Karl me dévorait des yeux chaque fois que nous finissions de jouer. Tout en lui dégageait un feu ardent qui m'incendiait. Rien à voir avec Mark qui ne sait pas et ne saura peut-être jamais ce que cela fait de se sentir à l'intérieur d'une autre personne comme je me sentais à l'intérieur de Karl et lui à l'intérieur de moi. Nous ne faisions qu'un, je n'avais besoin de personne d'autre au monde et cela m'était égal qu'il soit bien plus âgé que moi. Je ne craignais qu'une chose, que la domestique nous surprenne, mais toute sorcière qu'elle est, je dois reconnaître qu'elle n'entra jamais par erreur et qu'on ne l'entendait pas.

Tout commença le jour où je me présentai avec le Stainer entre les mains pour impressionner Karl et j'y réussis parfaitement. Mais pas tout à fait comme je m'y attendais. Il me prit l'instrument, l'examina et me demanda la permission de l'emprunter quelques instants. Puis il sortit. Je suppose qu'il vérifiait quelque chose seul puisque, à part Maria, il n'y avait personne dans la maison. Je n'ai jamais su ce qu'il avait analysé exactement mais à son retour il me regarda d'une manière si étrange que je me sentis rougir. J'eus l'impression qu'il m'accusait. Aussi lui dis-je la première chose qui me passa par la tête, que mon père me l'avait offert, que je ne savais pas où il l'avait trouvé. Alors il lâcha :

— Combien veux-tu pour le violon ?

Je restai de pierre avant de lui répondre :

— Rien, il n'est pas à vendre.

Karl donna un chiffre.

— Non, il n'est pas à vendre, répétai-je en me disant, le pauvre, il ne sait pas que la seule chose que je possède, c'est de l'argent, beaucoup d'argent, que je suis orpheline mais que je nage dans l'abondance.

Il abandonna et nous reprîmes la répétition. Puis il s'approcha de moi et m'embrassa. C'était le premier. À trente ans, aucun homme ne m'avait embrassée parce que je refusais qu'on m'approche, je ne voulais pas qu'on me touche, je ne voulais pas qu'on profane ma solitude physique. Mais je lui cédai sur-le-champ, hypnotisée, encore sous les effets d'un enchantement musical comme lui seul savait en produire. Quelque chose me retint sur place. Et je me laissai emporter par cet homme qui avait l'âge d'être mon père, et même mon grand-père comme je le découvris après sa mort. Mais à cet instant, cela m'était égal, Karl était passionné, il se jeta sur mon corps comme s'il voulait me dévorer. Je tentai de résister mais il m'écarta doucement les mains. Je finis par succomber. Cela me plut, ce jour-là et tous ceux qui suivirent. Jusqu'à ce que Teresa, encore elle, vienne tout gâcher de nouveau.

Mais cela viendrait plus tard. Pour l'instant, Karl ne m'appartenait qu'à moi, même si parfois il oubliait ma présence, ou ne faisait pas attention à moi et que je devais le poursuivre. Ce fut alors que j'eus cette merveilleuse idée pour attirer son attention ; j'allai le voir et lui proposai :

— Je te donne le Stainer si tu m'épouses.

Mark

On avait recommandé à mon père de ne pas voyager parce qu'il avait un cœur fragile. Quelques jours avant de partir pour Rome, il nous causa une véritable frayeur. Heureusement que j'étais à la maison parce que Maria prit peur en voyant que mon père ne pouvait plus parler, même pas de la douleur qu'il ressentait à la poitrine. Je décrochai le téléphone, une ambulance vint le chercher et nous filâmes à l'hôpital. Deux jours après, il était de retour à la maison, mais avec des ordres très stricts du médecin qu'il n'écouta pas, bien sûr, puisque cela signifiait annuler la tournée. Le médecin lui conseilla de boire un petit verre de whisky en cas de stress, cela lui ferait du bien.

— Je n'aime pas le whisky, répondit mon père avec une moue de dégoût.

— Eh bien tant pis, se fâcha le médecin, vous voulez partir en tournée, faites comme bon vous semble, moi je ne peux plus vous aider.

Mon père se tut, on aurait dit que le médecin venait de le condamner à la tombe. Comme s'il lui avait dit, vas-y, tu peux commander ton cercueil, et sur mesure parce que tu es très grand. Ce qui se révéla être vrai par la suite.

Cela faisait des jours qu'il se montrait préoccupé et comme cela lui arrivait parfois ni Maria ni moi ne lui accordâmes trop d'importance jusqu'à cet incident. Maria vint me voir et sans pouvoir retenir ses pleurs, me demanda ce que nous allions faire, comment obtenir qu'il ne parte pas en tournée.

— Nous n'y arriverons pas, Maria, fis-je d'un ton résigné.

Maria qui est la fidélité en personne éclata en sanglots. C'est pour ça que j'ai insisté pour qu'elle assiste à ce concert à Berlin, c'était très important qu'elle soit là pour commémorer le concert d'il y a dix ans, ici du côté oriental de cette ville si blessée par son passé. C'était le leitmotiv de toute cette tournée, Karl T. avait construit sa réputation à Berlin-est et il était important qu'il dirige un concert dans cette ville alors que le Mur était tombé depuis plusieurs années. J'expliquai à Maria la nécessité de cette tournée, et que si on l'empêchait de se produire, à Berlin surtout, il mourrait de chagrin. Elle hocha la tête et sécha ses larmes. Il était clair pour nous deux que nous préférions qu'il risque sa vie en faisant ce qu'il aimait faire plutôt qu'en restant chez lui.

C'est exactement ce qui se passa. Mon père donna son concert à Berlin puis, alors qu'il s'envolait seul vers Vienne où devaient le rejoindre l'orchestre et les chanteurs, il trouva la mort. Personne ne put rien faire. Un instant de souffrance fugace. Quand les hôtesses s'en aperçurent, il était déjà trop tard.

Après sa disparition, je me sentis perdu pendant de nombreuses années. Vraiment perdu. Mon père était mon référent, l'étoile que je suivais pour arriver je ne sais où depuis que je l'avais retrouvé. J'aurais aimé mener sa vie austère, atteindre ce degré de vocation mystique qui imprégnait son art et sa vie, s'il en avait une, parce que mon père ne vivait que pour la musique.

Mais je suis différent, j'ai besoin de vivre aussi en dehors de ce monde, j'ai besoin d'avoir des amis et une compagne. Mais pas Anna. Elle m'étouffe. Je crois qu'une fois le concert fini, je lui dirai que c'est fini. J'en ai assez.

Maria m'entendit pousser un cri quand je décrochai le téléphone et se précipita vers moi. Elle m'entendit demander des détails sur ce qui s'était passé. Les yeux remplis de larmes, j'écartai un instant le combiné pour lui annoncer la terrible nouvelle : « Il est mort. » Elle demeura immobile, me contemplant fixement. Tandis qu'à l'autre bout du fil, le manager de l'orchestre m'expliquait ce qui s'était passé, Maria ne changea pas d'expression. Soudain, elle pivota sur ses talons et disparut.

Maria

Quand Mark m'apprit que Monsieur était mort, on aurait dit que l'atmosphère autour de moi se congela d'un coup. Le dimanche, à la messe, le curé évoquant l'Apocalypse, nous avait raconté que le moment venu, le ciel s'écroulerait et la terre s'enfoncerait et que s'il restait encore des vivants, les anges descendraient et leur couperaient la tête, comme ça ils seraient certains que tout le monde était mort, parce que c'était pour ça l'Apocalypse. Le ciel s'écroula, la terre s'enfonça mais je n'attendis pas les anges, je partis me réfugier dans ma chambre. Où je restai à contempler le plafond, les yeux secs, le Stainer et la lettre dans mes bras, pendant un bon moment. Je n'arrivais pas à pleurer, j'avais à l'intérieur de moi un gros caillou glacé qui m'insensibilisait. Mais peu à peu, une goutte se glissa, chaude. La glace fondit, et je finis par éclater en sanglots sans plus pouvoir m'arrêter. Je revoyais toutes ces années, Monsieur jouant, Monsieur sur le canapé, moi jetant le violon à la poubelle, lui préparant un chocolat chaud... Je passai ainsi la nuit, plongée dans mes souvenirs, le silence et les larmes. Le lendemain, le parc prit vie. Un jour nouveau s'était levé mais Monsieur n'était plus là.

Mark vint me voir. Il frappa doucement à la porte. Je séchai mes larmes et lui ouvris après avoir caché le Stainer. Je trouvai ce garçon qui avait perdu son père, le visage décomposé, et je n'osai pas le prendre dans mes bras, même si j'avais envie de le faire, parce que moi aussi j'en avais besoin. Il s'avança et nous restâmes ainsi un long moment enlacés. Je n'avais pas senti la chaleur d'un corps depuis de nombreuses années, je ne me souvenais pas du réconfort que pouvaient offrir les étreintes et celle-là me rappela les bras de ma mère quand j'étais petite qui parvenaient à me faire sentir à l'abri de toutes les cruautés du monde.

— Je dois partir pour tout organiser, me dit-il d'une voix étranglée. Je vous appellerai pour que vous m'aidiez à préparer l'enterrement.

J'acquiesçai d'un hochement de tête, incapable de parler.

Je me rendis plus tard à l'église, parler avec Dieu. « Dieu », Lui demandai-je, « pourquoi me l'enlever au moment où Tu me le donnais ? » Et Il me répondit « Ma fille, le bonheur complet n'existe pas. » Enfin je ne sais pas s'il me parla ou si ce furent mes propres mots, mais j'éclatai en sanglots avec des hoquets qui résonnèrent dans toute la maison du Seigneur.

En rentrant, j'ouvris l'armoire de ma chambre. Je sortis le Stainer et le contemplai. Puis je pris la lettre que j'avais relue je ne sais combien de fois. Les lettres dansaient sous mes yeux. Celui qui l'avait écrite était mort et je me sentais incapable de la relire. Pourtant quand il me l'avait remise, je l'avais lue non pas cent mais mille fois. Monsieur était venu me voir le jour de son départ pour Berlin. Il me regarda d'une drôle de façon. Puis il me dit :

— Allez, Maria, venez, préparez-moi un chocolat avec de la crème.

Cela faisait longtemps qu'il ne m'en avait pas demandé. J'en fis aussi un pour moi. Assis en face de moi, il me parla du concert qu'il allait donner et qu'il était très heureux de diriger cette œuvre des dimanches matin parce qu'il l'avait fait souvent dans son pays mais jamais après être passé à l'Ouest.

Puis il s'essuya les lèvres et me demanda de ne pas bouger. Il revint, habillé pour le départ, le Stainer dans la main gauche, l'archet et une enveloppe dans la droite. Il me contempla d'une façon particulière, comme lorsque je jouais la chanson de la fermière et du berger, puis il déposa doucement le violon dans mes mains.

— Je l'ai récupéré pour vous, déclara-t-il.

Je restai muette de stupeur avant de m'exclamer :

— Vous êtes devenu fou !

Il m'ordonna de me taire et me tendit l'enveloppe fermée :

— Ça aussi, c'est pour vous.

Je voulus l'ouvrir mais il m'arrêta :

— Non ! vous la lirez après mon départ, s'il vous plaît. Certaines choses ne peuvent se dire que par écrit.

Alors, pour la première fois depuis que je le connaissais, il me sembla que Monsieur rougissait.

Je le vis monter dans le taxi qui l'attendait, sa valise à la main. Je ne savais pas que c'était la dernière fois que je le verrais. J'aurais voulu le serrer dans mes bras. J'avais le Stainer dans la main et je n'arrivais pas à croire qu'il était à moi ; j'ignorais aussi ce que disait cette lettre mystérieuse. C'était forcément quelque chose d'important parce que Monsieur n'aimait pas écrire, il n'écrivait jamais, seulement des notes. Il m'avait peut-être composé un morceau, pensai-je. J'allai dans ma chambre pour découvrir ce mystère qui m'intriguait tant en tremblant d'émotion, le violon dans une main et l'enveloppe blanche dans l'autre.

Teresa

La première partie s'est assez bien passée, le public a beaucoup applaudi. Mark sort en s'essuyant le front et se dirige vers sa loge, suivi d'Anna. J'ai l'impression qu'il préférerait qu'elle ne le colle pas autant. Je sais pourquoi, je sais qu'en réalité Anna est une âme misérable qui cherche quelqu'un qui ne s'occupe que d'elle, parce qu'elle n'a pas eu de véritable mère et qu'elle pense qu'elle n'a pas eu de père non plus. Ce qui est faux, elle a eu un père. Néanmoins pour Anna la relation normale entre père et fille ne lui suffisait pas, elle avait besoin de l'avoir pour elle seule, comme elle le fait avec tout le monde. Pour l'instant, la seule chose qui soit vraiment à elle, c'est le Stainer. Je devrais considérer mon don comme une œuvre de charité… Je ne sais pas quoi penser de cette fille, je ne sais pas.

Mark a insisté pour que je vienne. Cela fait dix ans que Karl est mort, en hommage, il voulait reprendre les musiciens qui avaient joué à l'époque. Au téléphone, je lui avais demandé si Anna venait. « Oui », m'avait-il répondu avec un mince filet de voix.

— Bien, m'étais-je contentée de répondre sèchement tout en réfléchissant.

J'avais voulu savoir si elle acceptait de jouer avec moi. Mark avait aussitôt réagi :

— Disons qu'Anna veut que tout se passe bien, comme moi, comme tout le monde.

Donc elle ne voulait pas de moi. Mais je savais qu'en refusant je mettrais Mark dans l'embarras. En fin de compte, ce n'était pas lui le coupable.

— Très bien, je viendrai, finis-je par céder.

J'entendis un soupir de soulagement à l'autre bout du fil et un merci qui m'arracha un sourire. Je pourrais supporter Anna le temps d'un concert, nous n'étions pas engagées pour la vie.

Il y a dix ans, les répétitions se convertirent en une véritable partie d'échecs. Comme Anna et moi ne nous adressions pas la parole, un silence sépulcral envahissait parfois la salle de musique. Nous écoutions Karl, très attentives à chacune de ses remarques, puis, sans un mot, nous nous remettions à jouer. Anna serrait son archet d'un geste nerveux, le front plissé, comme lorsqu'elle était enfant, et elle jouait tout aussi nerveusement, comme si elle voulait me battre à force de notes alors qu'elle n'avait pas besoin de prouver quoi que ce soit puisque nous savions toutes les deux que je n'ai jamais joué aussi vite qu'elle. La rapidité d'exécution n'a jamais été mon fort, cela n'a pas changé et elle le sait. Elle me lance un regard de défi avant de commencer le premier et le troisième mouvement, mais je ne fais pas attention à elle, parce que entre les deux, il y a le deuxième mouvement et là je domine sans partage. Lorsqu'il s'agit d'y mettre du cœur, Anna est perdue, forcément, elle n'en a pas.

Pendant les répétitions, je contemplais le canapé noir du salon et je pensais au passé, à Karl et moi nous enlaçant, faisant semblant de nous aimer. Quand je cédai à ses avances la première fois, je crus que de notre relation naîtrait quelque chose de bon. Je savais que lui non plus n'avait personne, qu'il passait d'une conquête à l'autre et que partout il y avait des femmes qui lui en voulaient de les avoir abandonnées. Karl n'y faisait pas attention. Je crois qu'il était incapable de comprendre la douleur qu'il provoquait par ses abandons. S'il ne concédait pas la moindre importance aux scènes du canapé, pourquoi en aurait-il donné au fait de les arrêter du jour au lendemain ?

Quand je devinai qu'Anna à son tour avait été prise dans ses filets, je jugeais qu'il fallait mettre fin à notre relation. Mon cœur se serra un peu, mais seulement un peu. Je savais que je m'en remettrais, je n'avais jamais fait de plan sur la comète, nous couvrions tous les deux un besoin, rien de plus. Mais je savais aussi qu'Anna ne le prendrait pas ainsi et que le jour où cela se terminerait, pour elle ce serait la débâcle. Je me promis de ne pas être là quand cela arriverait. On lisait dans ses yeux sa joie à l'idée que Karl lui appartenait, ils brillaient d'un éclat particulier, elle vivait pour et grâce à cela, elle était heureuse à sa façon, de cette façon cruelle que la vie lui avait apprise. Anna ne croyait pas en l'être humain et elle n'y croit toujours pas.

J'aimerais n'avoir aucune responsabilité dans ce qui se passa lors de notre dernière tournée, mais je dois reconnaître que j'en ai une.

Karl était parti deux jours avant nous pour s'isoler et répéter. Nous l'avions rejoint avec les autres musiciens. Mark n'était pas là, il a fait carrière après la mort de son père. Cela arrive souvent, nous cherchons des référents et quand l'un d'eux disparaît, on consulte la liste de ceux qui attendent et on dit : au suivant.

En arrivant à Berlin, nous n'avons pas trouvé Karl. Nous ignorions s'il logeait dans le même hôtel que nous. Nous devions nous retrouver vingt-quatre heures avant le concert pour une répétition dans la salle de concerts et c'est ce que nous fîmes. Après la répétition, chacun se retira de son côté pour se reposer. Alors que je rangeais mon violon dans son étui, Karl s'approcha par-derrière et me glissa à l'oreille :

— Viens avec moi, s'il te plaît.

Je me retournai et ce que je lus dans ses yeux ne me plut pas du tout. C'était un besoin, oui, mais pas comme les autres, pas comme avant. Il me sembla qu'il ne se sentait pas bien et je m'empressai d'accepter. Je ne savais pas qu'il était malade, il ne l'avait dit à personne. Il m'avoua qu'avant son départ, il avait passé deux nuits à l'hôpital à cause de son cœur. Sur les conseils de son médecin, il buvait un verre de whisky chaque fois qu'il devait faire un effort, c'est-à-dire chaque fois qu'il dirigeait un concert. Il avait le visage de quelqu'un de souffrant, un visage qui m'effraya bien que je ne sache pas pourquoi.

Je le suivis. Je savais qu'entre lui et moi après avoir travaillé deux ans ensemble, il s'était crée un lien solide, différent de celui qui le liait aux autres femmes, un lien qui nous permettait d'avoir une certaine intimité, de nous comprendre d'un regard. Je savais qu'au cours de ce voyage, même s'il avait une liaison avec Anna, j'étais celle dont il se sentait le plus proche, en qui il pouvait avoir confiance, lui qui se méfiait de tout.

Nous entrâmes dans sa chambre et il ferma la porte.

— Qu'est-ce qui t'arrive ? lui demandai-je.

— Rien, me répondit-il tout en se dirigeant vers le lit d'un pas vacillant.

— Pour quelqu'un qui n'a rien tu fais une drôle de tête, essayai-je de plaisanter pour masquer mon inquiétude.

Je l'aidai à s'allonger. Il respirait lentement comme s'il avait peur de manquer d'air. Une fois allongé, il se tourna vers moi :

— J'ai juste besoin que tu me prennes dans tes bras, si cela ne t'ennuie pas.

Il avait un air désespéré et je me demandai si le grand Karl T. n'avait pas le trac et ne recherchait pas un soutien maternant. Je fis ce qu'il me demandait. Tandis qu'il avait la tête appuyée contre mon épaule, je l'entendis murmurer :

— Ce concert est très important, s'il m'arrive quelque chose, je veux que ce soit lui qui le dirige.

J'étais stupéfaite par ces paroles mais Karl me tendit une feuille comportant un nom et un numéro de téléphone qu'il déposa dans ma main. Ils correspondaient à celui d'un chef d'orchestre berlinois réputé que je connaissais bien.

— Mais pourquoi dis-tu cela ?

— Je veux juste que le concert ait lieu, promets-le-moi.

Il me regardait comme s'il me demandait de lui promettre qu'il vivrait. J'acceptai puis lui demandai s'il ne se sentait pas bien.

— Je suis un peu fatigué et j'ai un certain âge, répondit-il en souriant.

Il plaisantait mais il avait raison, il paraissait avoir vieilli. Et il avait l'air épuisé. Je me tus en me contentant de le serrer dans mes bras.

Alors on frappa à la porte.

— Mais qu'est-ce qu'on me veut encore ? grogna Karl en pensant qu'il s'agissait d'un employé de l'hôtel.

Il me demanda d'aller ouvrir et je lui obéis. Ce n'était pas un serveur, c'était Anna et sur son visage se peignit une expression bien claire qui se suffisait à elle-même. Oh, non !, pensai-je en fermant les yeux. Mais il était inutile de se cacher.

— Pardon, je me suis trompée, fit-elle en pivotant sur ses talons.

Elle disparut au bout du couloir.

Je refermai doucement la porte et me dirigeai vers Karl après avoir laissé échapper un soupir. Il me contempla un instant avec une certaine frayeur qui se dissipa. Je le pris de nouveau dans mes bras, inquiète de ce que pourrait faire une fille à l'esprit aussi tordu.

Anna nous surprit la seule fois où, alors que nous étions seuls, nous ne fîmes pas l'amour. Ce sont des choses qui arrivent. Je partis après m'être assurée que Karl allait bien et souhaitait seulement dormir. J'avais peur qu'il lui arrive quelque chose pendant la nuit et je lui proposai de rester, mais il me répondit que ce n'était pas nécessaire. Je lui laissai le numéro de ma chambre à côté de son téléphone et partit.

Le lendemain, notre chef d'orchestre était frais comme un gardon. Comme s'il ne s'était rien passé. Il dirigea le concert et partit le lendemain matin pour Vienne où nous devions le retrouver le surlendemain afin de profiter d'une journée supplémentaire à Berlin.

Anna

Il pleut, il pleut et les feuilles par terre ressemblent à des soucoupes qui emmagasinent l'eau. Et l'eau emmagasine des fragments de mon âme. Elle est ici, dans ce fleuve, et là-bas, dans l'étang de Barcelone. Mon âme s'éparpille partout. C'est curieux, qu'une chose aussi intangible parvienne ainsi à se fractionner. Les morceaux ne se laissent pas attraper, j'ai essayé, en vain. De toute façon, ce n'est pas la faute de l'eau. C'est la faute de tout le monde, de tous ceux qui m'ont brisé l'âme et l'ont lancée dans l'étang en disant : « Allez, ma chérie, va la chercher, et si elle est cassée, répare-la. » Je ne l'ai jamais réparée. J'ai voulu au début et ensuite quand ça ne faisait plus mal, j'ai cessé. Si mon âme voulait rester divisée dans l'eau, ainsi soit-il. Je n'y pouvais rien, c'était la faute des autres, de tous les autres. De Mark aussi qui ne m'a même pas laissé entrer dans sa loge. De tous.

Il fait très sombre. Quand nous sommes arrivés, il faisait déjà noir. Ici, les jours sont courts et le soleil rare. Quand il apparaît, il ne reste jamais longtemps. Il continue à pleuvoir. J'aimerais aller marcher, traîner dans les flaques, me tremper les pieds. Mais je ne peux pas, je dois jouer en public et mes chaussures doivent être en parfait état. Tout le monde est rentré, la deuxième partie va commencer.

C'est bien une deuxième partie dans tous les sens du terme. Le deuxième acte de la comédie de ma vie avec un être vivant dans mes entrailles et l'eau qui continue à couler, constante, sans faire de bruit comme si elle ne voulait pas se faire remarquer. Les Berlinois, habitués à ce temps, passent vite sous leurs parapluies de toutes les couleurs. Et je pense au moment où je compris que Karl et Teresa étaient amants.

Je crois que c'est la dernière fois que mon âme s'est brisée. C'est alors que je me suis aperçue que Teresa qui avait été un point de référence dans ma vie, ne vivait que pour me faire du mal. C'est certain, elle n'avait pas d'autre but sur cette terre. Quand je les surpris il y a dix ans, dans cette même ville, je fis un gros effort pour qu'ils croient que cela m'était complètement égal. Bien entendu, c'était faux. Le regard désolé de Teresa, comme pour s'excuser, comme si elle était l'innocence personnifiée, comme si tout n'était qu'un malentendu, me rendit folle de rage. Tandis que je m'éloignais d'eux à grands pas, je me demandai comment on pouvait arriver à être aussi perverse ! Comment avais-je pu croire en Teresa ? Vraiment, on peut faire avaler n'importe quoi aux enfants.

Ce jour-là, j'arrivai à la Spree hors d'haleine. L'eau coulait tranquillement alors que je me noyais. Je criais, penchée par-dessus les eaux puissantes, le corps tremblant de sanglots et de hoquets. Je maudis cette femme qui voulait m'achever, cette femme avec laquelle j'allais jouer le *Concerto pour deux violons* de Bach. Cette salope avait dû séduire Karl, elle avait dû remarquer qu'entre nous il y avait quelque chose et se dire : Celui-là aussi, je vais le prendre et Anna n'aura rien, rien du tout.

La vie est plus difficile pour certaines personnes. Elle l'était pour moi, le professeur au nez aquilin avait raison, mon destin était de vivre en souffrant du moins jusqu'à ce que je décide que c'était fini il y a dix ans, alors que je sanglotais au bord de la Spree. Je me demande comment s'est débrouillée Teresa pour obtenir de participer à ce concert, comment elle s'est débrouillée pour se rapprocher de nouveau de moi et chercher ainsi à me faire mal. Quand je la revis, il y a dix ans, je crus que c'était un hasard, un hasard diabolique, mais un hasard. Depuis, après tant de souffrances, j'ai cessé de croire au hasard. Ce n'est pas possible, il y a eu un piège, le piège c'est elle et sa volonté de me gâcher la vie. Je le compris clairement le jour de la Spree. Et c'est alors que je me suis dit que c'était fini, que je ne me referais plus jamais avoir, que je ne serais plus jamais aussi candide. Je regrettais de ne plus avoir le Stainer. Mais je l'avais donné à Karl, Karl qui avait promis de m'épouser au retour. Karl que je croyais mien.

J'avais cru que maman, Teresa, papa et Karl m'appartenaient. Et tous m'ont trompée. Mais Mark est à moi, grâce à ce bébé que je porte. Et j'ai récupéré le Stainer, et je peux narguer Teresa. Pourtant elle semble indifférente, cela lui est égal de me voir exhiber partout cet instrument qu'elle possédait depuis qu'elle était enfant, m'avait-elle dit. Quand je lui avais demandé qui le lui avait offert parce que j'étais très étonnée qu'on fasse un tel cadeau à une fillette, elle m'avait répondu qu'elle l'avait trouvé. Je m'étonnai :

— Et tu ne l'as pas rendu ?

— Il se trouvait dans un endroit où personne ne l'aurait réclamé, s'était-elle empressée de répondre avant de changer de sujet.

Je ne sais pas de quoi elle voulait parler mais quand elle finit par me prendre mon Karl, je me dis que ce serait peut-être une bonne idée de savoir où elle l'avait trouvé, c'est-à-dire à qui elle l'avait volé parce qu'il est évident qu'on n'abandonne pas un Stainer sur un banc comme on oublie un pull. Au début, je faillis croire à son histoire mais les années passant, je vis clair dans son jeu, je compris que Teresa avait volé le violon. Finalement, je renonçai à mon enquête parce que je réussis à récupérer le violon et que je risquais de le perdre en voulant retrouver son propriétaire légal.

Je surpris Karl et cette garce, l'avant-veille du concert. La journée au bord de la Spree m'avait suffi pour récupérer. Je voulais apparaître au concert sans une seule larme, le visage lisse, bien que cela me coûtât beaucoup. Et il faut bien avouer que ce soir-là, mon interprétation fut loin d'être parfaite. J'eus du mal à me concentrer. J'avais l'impression qu'il y avait un câble électrique tendu entre Teresa et moi, un câble qui pouvait me détruire et que je devais dévier vers Karl, l'homme qui avait promis de m'épouser. Alors que le deuxième mouvement résonnait, je me dis qu'il m'épouserait, qu'il me l'avait promis et que c'était la seule chose qui pouvait blesser Teresa. Je tenais là ma vengeance.

Mais cela ne se passa pas ainsi. Karl prit l'avion le lendemain tandis que nous visitions la ville qui l'avait vu naître. Nous écoutions la description du guide devant la porte de Brandebourg quand le portable du manager sonna. Il s'écarta un peu puis nous appela. Je revois l'image de cet homme à contre-jour, le portable à la main, son air défait pour nous annoncer : « Il est mort. » Personne ne demanda « Qui ? » Nous l'avions tous deviné, je ne sais pas pourquoi.

La promenade touristique s'arrêta là. Mon futur aussi. Mais je récupérai le violon que je croyais avoir perdu.

Maria

Il y eut beaucoup de monde à l'enterrement de Monsieur. Ils organisèrent une cérémonie avec un homme qui n'était pas un curé, mais qui disait presque la même chose que s'il l'était, enfin il faisait ses adieux au défunt. Et ils jouèrent une musique ravissante. Teresa était devant, en pleurs. Anna ne se montra pas. Mark aussi pleurait, assis au premier rang. Il me demanda de m'asseoir à côté de lui et au début je voulus refuser mais il murmura : « Ne me laissez pas seul, Maria », alors je compris qu'il avait besoin de moi. Je pris place à ses côtés, un peu gênée, je l'avoue.

J'avais le cœur brisé. Cette mort m'avait ôté tout goût à la vie, je savais qu'il me faudrait du temps pour m'en remettre. J'avais grimpé peu à peu une montagne très haute et alors que je pensais avoir atteint la cime, cela ne me fut pas accordé. Je ne voulais pas voir le cercueil. Je fermai les yeux. Je revis Monsieur, son visage que je connaissais si bien, qui riait avec moi dans la cuisine, devant notre chocolat chaud, qui me regardait de cette façon particulière quand je jouais la chanson de la fermière et du berger, qui m'avait écrit cette lettre, et même qui batifolait avec les dames sur le canapé. Chaque fois que je les rouvrais, cette boîte rectangulaire apparaissait devant moi. Ce n'était pas possible, celui qui était à l'intérieur n'était pas l'homme dont je me souvenais.

Anna n'avait pas assisté à l'enterrement mais elle se présenta à la maison quatre jours plus tard, semblable à celle qu'elle est aujourd'hui avec dix ans en moins. Elle était belle, elle l'a toujours été, mais trop de sillons creusent son visage, lui donnant un air soucieux même quand elle joue. Anna est devenue une véritable dame, de celles qui font peur, un peu comme la marâtre dans *Blanche-Neige*, le conte que j'entendais certaines nourrices raconter aux enfants au parc. Mais en dépit de la peur qu'elle suscite elle est très élégante. Elle porte une robe noire longue très décolletée qui attire le regard de tous les hommes qui cherchent. C'est curieux, cette seule idée m'aurait scandalisée des années auparavant mais aujourd'hui cela me fait rire.

Même si je ne porte pas ce genre de robe, je suis élégamment habillée moi aussi. C'est dommage que j'ai si mal au ventre, et que je ne me sente pas bien, parce que aujourd'hui j'aurais pu avancer la tête haute en me sentant admirée. Mais je traîne un peu les pieds parce que je suis fatiguée et que j'ai passé l'âge de porter des talons. On marche si bien en touchant le sol avec les pieds, ça donne la sensation de savoir ce qu'on fait, de dominer son propre destin. En revanche avec les talons aiguilles, tu n'as de contact que sur un point, tu ne sais pas si tu es sur cette terre ou pas. C'est si inconfortable. Ma robe me plaît par contre. J'ai fait les boutiques un jour pour voir, et je suis tombée sur celle-ci qui m'allait assez bien. Mark lui-même s'est exclamé « Quelle élégance, Maria ! » quand je me suis pavanée devant lui. Anna n'était pas là, bien sûr, parce qu'en sa présence il n'aurait rien osé me dire.

Il y a dix ans, elle me salua et déclara : « Je viens chercher le violon que j'ai laissé la dernière fois où j'ai répété avec Karl. » Je l'observai et un frisson me parcourut le corps. Monsieur m'avait bien dit que cette femme avait un démon en elle, il ne se trompait pas.

Je dois me lever maintenant et accomplir la mission que je me suis fixée.

Teresa

Je viens d'apercevoir Maria. Il me semble qu'elle a détourné la tête en me voyant. Mais que diable fait-elle ici ? Elle devrait se trouver dans la salle. Tant pis, je ne veux pas le savoir. Elle cherche peut-être quelqu'un, mais ce n'est pas moi sinon elle ne se serait pas échappée.

Que c'est dur de repenser à Karl à cause de cette musique. Il me semble que dans les temps qui précédèrent sa mort, j'étais devenue à ses yeux une sorte de mère ou de sœur aînée. Cela faisait longtemps que nous ne nous touchions plus, je dirais qu'il avait assez à faire avec Anna, pourtant comme j'étais sans doute la seule à ne pas lui en vouloir de m'avoir abandonnée, il manifestait une certaine affection envers moi. La vérité, c'est que j'étais guérie des frayeurs sentimentales. J'avais trop aimé Maties pour pouvoir m'engager dans une autre relation avec la même intensité. Dès le début, j'avais pris ma liaison avec Karl à la légère, je me laissais porter par la vie, c'était tout. Lorsque Anna nous surprit, il ne se passait plus rien entre nous. Le lendemain matin, à la lumière du jour, et avant le concert à Berlin, je réfléchis et conclus que Karl avait simplement eu besoin d'un peu de chaleur humaine avant le concert, après je compris qu'il aurait surtout eu besoin d'un médecin. Mais comment aurais-je pu le deviner ?

Seuls son fils et Maria connaissaient ses problèmes de cœur et tous les deux se trouvaient à Barcelone. Pour Karl, la musique passait avant toute chose, la santé y compris.

J'appris tard sa mort. Je n'avais pas participé à la visite organisée parce que je pensais qu'Anna en ferait partie et je n'avais pas envie de tomber sur elle. Je me disais que nous parlerions plus tard de ce qui s'était passé, ou pas, peut-être ne nous parlerions-nous plus jamais, parce qu'elle se freinerait, comme je m'étais freinée en refusant de la poursuivre dans le couloir, cette nuit-là, n'ayant aucune envie de me prendre une gifle, de voir se répéter la scène de l'hôpital. Et aussi parce que je commençais à penser qu'elle méritait peut-être tout cela. Elle n'était pas la seule à avoir pris des coups dans la vie, nous avions tous nos problèmes, personne ne méritait ce genre de traitement.

Je n'étais donc pas au courant avant de prendre l'avion pour Vienne. Je retrouvai dans le vestibule de l'hôtel ceux qui, comme moi, ignoraient que le vol avait été annulé et que le lendemain nous retournions à Barcelone. « C'est étrange, où sont passés les autres ? » s'étonna une musicienne. Je me souviens de ces instants précédant le choc que produisit l'annonce du manager comme si c'était aujourd'hui. La nouvelle nous stupéfia tous. Karl était le directeur de cet orchestre qu'il avait créé il y avait des années, mais bien sûr, ce n'est pas en tant que violoniste que je fus affectée. Je ne pus me retenir et éclatai en sanglots tandis que le manager nous expliquait ce qui s'était passé. Puis il nous informa de l'heure du départ le lendemain et disparut. Je retournai dans ma chambre avec ma valise. Enfin seule, je laissai libre cours à mon chagrin. Mais une petite voix me disait heureusement que tu ne t'es pas engagée comme avec Maties, parce que autrement cela t'aurait achevée. Je me promis que dorénavant je ferais attention avec les hommes, qu'un destin tragique semblait toucher ceux auxquels j'étais liée.

Le retour fut sombre et silencieux. Je ne regardai même pas Anna, je ne voulais rien savoir d'elle, je ne voulais pas d'ironie ni de regards moqueurs. Je me tins à distance comme je le pus, et une fois à Barcelone, une seule pensée me soulagea : après l'enterrement, je n'aurais plus à voir Anna, plus jamais.

Elle ne s'y présenta même pas. Je ne crois pas en tout cas, mais il y avait beaucoup de monde. Curieusement aucun membre féminin de l'orchestre n'assista à la cérémonie. Elles avaient sans doute fini par se fâcher avec lui. Je fus surprise en découvrant qu'il était beaucoup plus âgé que je ne le pensais. Tu te conservais très bien, Karl, pensai-je. J'avais cru que seulement neuf ou dix ans nous séparaient. Et en un instant, je calculai sa différence d'âge avec Anna : Mon Dieu, tu as séduit une gamine ! récriminai-je en silence. Pendant un court instant, la fille abandonnée, malheureuse, fragile, me fit de nouveau de la peine. Mais un instant seulement.

Parfois je pense à la façon d'être de Karl. Il ne prenait pas ses relations comme des aventures sentimentales, ça non. Karl vivait dans un autre monde et ne savait pas ce qui se passait dans celui-ci. À ses yeux, une instrumentiste qui jouait avec lui devait faire de la musique jusqu'au bout, au plus profond, et cela signifiait coucher avec lui. C'est bizarre, mais je suis sûre qu'il le faisait comme si c'était la chose la plus normale du monde, sans aucune intention de blesser qui que ce soit. Il vivait dans son monde. Contrairement à Anna qui a bien les deux pieds sur terre et ne rate pas une occasion de blesser partout où elle passe.

Quand des années plus tard je revis Mark, je découvris qu'Anna m'avait précédée et surtout que Mark paraissait très amoureux d'elle. Cette fille ne changera jamais, pensai-je avec résignation. Mark avait déménagé dans un appartement proche de celui de son père, la maison appartenait au gouvernement, m'expliqua-t-il, on l'avait simplement mise à la disposition de Karl lorsqu'il avait demandé l'asile politique. Mais en voyant l'appartement de Mark, je me dis que l'argent que Karl avait gagné tout au long de sa vie, n'était pas celui du gouvernement, et que son fils avait hérité d'une véritable fortune.

De mon côté, je retournai enseigner au conservatoire et repris mes concerts avec le quartet. Nous avions pas mal d'engagements dans différents endroits, nous sortions presque toutes les semaines et nous nous amusions en faisant ce que nous aimions le plus, c'est-à-dire de la musique. Que demander de plus ? C'était la vie que je m'étais choisie depuis que j'avais trouvé le Stainer magique dans la décharge.

Je continue à me produire avec le même quartet mais moins souvent. J'en ai eu assez de courir d'un endroit à l'autre, l'âge ou quelque chose de semblable a commencé à faire sentir ses effets. Après Karl, je n'ai plus eu envie de travailler avec aucun chef d'orchestre, j'ai rejeté toutes les propositions que l'on m'a offertes. Puis Mark est venu me chercher. Il avait réussi à se faire un nom, même si j'ai toujours pensé qu'il a surtout voulu maintenir celui de son père, parce que Mark était un excellent violoncelliste mais un chef d'orchestre assez ordinaire. Je me réjouis beaucoup de le voir mais lui répondit par la négative en prétextant je ne sais quelle excuse. Travailler avec Mark signifiait croiser Anna et ça, il en était hors de question.

Je vivais seule, et confortablement parce que je ne m'étais pas installée dans le quartier du parc, mais dans un autre coin de la ville où le loyer ne coûtait pas chaque mois. C'est là qu'un jour, je tombai sur Maria.

Auparavant, j'avais vu un reportage à la télévision sur Anna et son Stainer, le violon qui avait perdu ses facultés magiques en tombant entre les mains de cette machine à faire des notes. Dieu me pardonne, dire qu'elle avait été mon élève et que je n'avais pas été capable de lui montrer comment insuffler à la musique autre chose que la rapidité. Dans l'émission, Anna arborait son trophée et expliquait qu'il en existait très peu d'exemplaires et qu'elle avait eu beaucoup de mal à en obtenir un. Je faillis m'étrangler avec les cacahuètes que je grignotais devant la télévision et je ne pus m'empêcher de m'exclamer à voix haute : « Mais quel culot ! »

Mark

La première partie s'est bien passée, et la deuxième progresse comme il faut. Toutes ces répétitions ont fini par porter leurs fruits. Le public garde le silence. J'essuie la sueur sur mon front avec un mouchoir blanc comme le faisait mon père. « Il doit être toujours blanc, c'est plus élégant », c'est ce que disait le grand Karl T. et, effet de génétique ou sympathie, c'est ce que dit Mark T. aussi.

« Prenez soin de votre cœur, ces choses sont héréditaires », me recommanda Maria avant qu'on ne se quitte il y a dix ans. Je vis des larmes perler dans ses yeux, la pauvre regrettait de devoir partir mais même si mon nouvel appartement était grand, on se serait gênés.

— Je vous dirais bien de venir vous occuper de la maison, et faire du repassage, mais vous n'avez certainement aucune envie de faire du ménage, lui proposai-je.

— Mais si, Monsieur, bien sûr que je viendrai.

Maria était attachante et elle l'est toujours. Elle me rappelle beaucoup mon père. Ils ont vécu ensemble quarante ans et ils se connaissaient par cœur. Vivre avec mon père n'avait pas dû être simple, c'était un homme étrange qui se consacrait seulement à la musique et que personne ne comprenait. Pas même moi pendant les années où je le côtoyais.

À la lecture du testament, je compris le lien qui l'unissait à Maria. Un testament corrigé depuis mon arrivée à Barcelone, qui prenait donc en compte mon existence. Si nous ne nous étions pas retrouvés, il aurait tout légué à Maria. Mon père avait su économiser toute sa vie, il laissait une fortune considérable. Maria put s'acheter un appartement et cesser de travailler. Je déménageais et poursuivis ma carrière qui décolla. On me sollicita partout. Je repris mes voyages, mais plus pour étudier ou jouer, mais à la tête de l'orchestre qui était resté orphelin de mon père.

Quand je rencontrai Anna, et évoquai avec elle le legs de Karl, elle se montra stupéfaite :

— Mais ce n'est pas possible ! Comment as-tu permis que ton père ne te laisse pas tout à toi, son fils, et comment se fait-il que cela te soit égal qu'il ait laissé la moitié de sa fortune à une domestique ?

Son commentaire me laissa de marbre, surtout avec l'emphase qu'elle y mit. Ses yeux lançaient des étincelles, elle paraissait aussi fâchée que s'il s'agissait de son propre père. Je l'examinai avec attention. Je savais que ce n'était pas une question d'argent, parce qu'elle était riche. Alors quoi ? Ce que je sais, c'est que cette situation ne me gênait pas du tout. Je trouvai juste que Maria hérite d'une bonne partie de l'argent de mon père.

— Enfin, si je n'avais rien reçu, cela m'aurait gêné, répondis-je à Anna, mais ce qu'il m'a laissé me suffit, c'est même beaucoup. Et puis le plus important c'est d'hériter de son nom. Le fait de m'appeler comme mon père m'a ouvert beaucoup de portes et m'a permis de me consacrer à la musique, ma musique.

Anna est vraiment apparue dans ma vie il y a environ cinq ans. Auparavant, je ne l'avais vue qu'une fois chez mon père avant sa dernière tournée. Sa présence me fit beaucoup d'effet, mais je ne dis rien. Il y a cinq ans, je l'appelai pour lui proposer un concert et elle me prouva qu'elle était une grande artiste. Elle me rendit fou par sa présence et par sa façon de jouer. Quand je la vis entrer dans la salle où nous répétions, en se déhanchant de cette façon, avec ce regard profond et obscur, je me sentis perdu et je dus faire un effort surhumain pour me concentrer. Je crois qu'elle le remarqua parce que je la vis sourire. Elle semblait disposée à plus.

Maintenant je ne sais plus comment m'en débarrasser. Je reconnais que c'est très mal de le penser, mais cette femme m'étouffe. Je me sens obligé de lui confier tous les solos de violon et il est vrai que c'est une excellente interprète, mais j'aimerais essayer d'autres musiciens. Et elle ne me laisse jamais seul, il n'y a pas moyen que je fasse deux pas sans l'avoir à mes côtés. Chaque fois qu'il y a du monde autour de nous, elle me prend la main. Tout l'amour, toute la tendresse que j'ai pu lui donner les premiers temps, ont disparu. Il ne reste rien de ce premier jour chez elle quand je la raccompagnai après son essai et qu'elle me dit : « Entre, je ne vais pas te manger. » Mais c'était un mensonge, elle me dévorait et j'aimais ça, elle me faisait perdre la tête. Je ne sais pas comment mais elle réussit à m'aveugler. Et maintenant elle va jouer Bach avec Teresa qu'elle déteste et qu'elle ne veut voir triompher sous aucun prétexte.

— Qu'est-ce qui se passe avec Teresa ? lui demandai-je un jour.

— Rien, me répondit-elle.

— Mais tu lui reproches toujours quelque chose alors qu'elle me paraît très bien.

Elle se leva d'un bond comme si j'avais appuyé sur le bouton qui actionnait un ressort interne, si terrifiante que j'en eus peur pour la première fois.

— Ne te fie jamais aux apparences, me dit-elle en indiquant le ciel de son petit menton décidé.

Je ris. Elle m'amusait encore, je l'aimais encore, je la croyais encore.

Après le concert, je lui dirai que tout est terminé. C'est décidé.

Anna

Je suis sur le point d'entrer en scène, avec l'odeur de la pluie qui me colle, l'adrénaline qui monte en moi, et je me souviens du premier soir où je la revis juste avant de jouer. Elle était assise, au parterre, elle attendait que j'entre en scène. J'en restai bouche bée. Elle ignorait que je l'avais reconnue.

Alors que Teresa est près de moi, son violon à la main, je remarque sa présence muette et résignée, sa présence haïe, et je me souviens du choc que je reçus en découvrant l'autre femme au milieu du public. Je dus faire un effort titanesque pour me reprendre, m'accrocher de toutes mes forces au Stainer que j'étais allée récupérer, l'enlevant des mains de cette maudite domestique qui semblait vouloir le garder. Je m'y accrochai et je fermai les yeux en me disant que ce n'était pas possible, que c'était un cauchemar. Je les rouvris et elle était toujours là en attendant sagement le début du concert. Alors nos regards se croisèrent. J'eus peur de ne plus pouvoir jouer. J'avais affronté beaucoup de choses dans la vie, mais celle-là mit mon sang-froid à dure épreuve.

Mark nous rejoint sous un tonnerre d'applaudissements, il s'essuie le front avec un mouchoir blanc et nous regarde avec un demi-sourire.

— Allez les filles, la scène est à vous.

Teresa me cède le passage. Je me dessine un sourire sur les lèvres et je sors. L'orchestre se lève, les gens applaudissent. Cela agit comme un baume pour ma peau trop fine et délicate. Merci aux projecteurs, à la chaleur du public, merci à toutes ces années parce qu'il y a des choses vraiment difficiles à surmonter.

— Qu'est-ce que tu fais ici ? lui dis-je quand elle entra clopin-clopant dans la loge après un toc-toc à la porte qui me fit craindre le pire.

Elle me sourit :

— J'ai vu que tu m'as vue.

Elle avait un sourire contrefait, des rides, elle avait perdu sa beauté de jadis.

— Tu as vieilli, déclarai-je, impitoyable.

Elle ne se laissa pas démonter.

— On vieillit tous.

Puis elle ajouta.

— Je suis désolée de ce qui s'est passé, je ne voulais pas partir de cette manière, mais ton père m'y a obligée.

J'ai haussé les sourcils :

— Chacun raconte l'histoire dans la version qui l'arrange.

— Ton père est mort, n'est-ce pas ?

— Oui, il y a des années.

Je lui demandai ce qu'elle voulait. Elle marqua une petite pause avant de répondre :

— Rien, seulement te voir. Tu joues très bien et pourtant tu n'aimais pas le violon.

C'est la seule chose qui me restait, criai-je intérieurement

— Bon, tu m'a vue, déclarai-je à voix haute, sèchement.

Elle osa me demander si j'étais mariée, si j'avais des enfants. J'hésitai et finis par lui répondre :

— Je vis avec un homme.

Je ne lui révélai pas que c'était le chef d'orchestre du concert auquel elle venait d'assister. Alors elle trouva la façon de me dire ce qu'elle voulait me dire :

— Écoute, Anna, ton père ne t'emmenait pas avec lui parce qu'il estimait que les enfants doivent rester avec leur mère.

Elle se tut. Je ne comprenais pas ce jeu cruel d'absurdités.

— Mais quelles bêtises tu me racontes, maman !

J'avais dit maman. Depuis combien d'années n'avais-je pas prononcé ce mot ?

Elle soupira.

— Ton père ne voulait pas parce qu'il disait que tu aurais voulu rester vivre avec lui.

Tandis que je me mettais du rouge à lèvres, je songeai qu'elle avait peut-être raison. Ma mère termina :

— J'ai longtemps vécu à l'étranger avec un homme, et depuis mon retour, j'essaye d'assister à tous tes concerts. Je t'ai vue à Paris, Madrid et Lyon.

Sans cesser de me maquiller, j'ai murmuré :

— Va-t'en, s'il te plaît.

Je le dis doucement, très doucement. Elle fit demi-tour, elle me parut vieille, très vieille. Elle s'approcha lentement de la porte et l'ouvrit. Avant de sortir, elle ajouta seulement :

— Pardonne-moi.

Une fois seule, je me mis à trembler comme une feuille. Il ne me manquait plus que ça, craindre de tomber sur ma mère à chaque concert. Mark entra et me vit assise, le regard fixé au sol et il me demanda ce qui se passait.

— Rien, je ne me sens pas bien, j'ai des vertiges. Cela passera.

Cela faisait longtemps que nous vivions dans le meilleur des mondes, lui, le Stainer et moi, dans cet appartement de la partie haute de la ville où les plantes des jardins ornent avec délicatesse la base d'édifices parfaitement dessinés. Parfois en me promenant je m'approchais de l'étang pour voir si mon âme s'y trouvait, et lui dire que je n'avais plus besoin d'elle. Après avoir revu maman pour la première fois, j'eus de nouveau besoin d'y retourner. Mon âme avait encore disparu. J'avais perdu la paix et le calme. J'avais Mark et le Stainer, mais cela ne me suffisait plus. Une période d'activité intense suivit, j'enchaînais les concerts, et chaque fois je cherchais ma mère des yeux. Je savais qu'elle était là mais elle ne vint plus me voir. Puis j'attrapai une pneumonie et on m'arracha le violon des bras m'obligeant à m'aliter. Mark dut engager une remplaçante pour les concerts. Je ne tolérais pas de voir une autre prendre ma place, je le suppliais de me laisser revenir, je promettais qu'il ne verrait pas de différence, même malade, et en son absence je m'entraînais sur le Stainer. J'imaginais maman venue assister au concert, voyant l'autre musicienne qui selon Mark jouait si bien et que ma mère préférerait peut-être à sa propre fille.

Un soir, j'attendis Mark en pyjama, le Stainer à la main. Je brûlais de fièvre mais je ne supportais pas de penser qu'il répétait avec une autre. J'attendis assise que la porte s'ouvre et alors je collai le violon sur mon épaule et commençai à jouer le *Trillo del diavolo* de Tartini. J'y mis mes dernières forces et encore plus en voyant Mark s'approcher et, surpris, me contempler en silence. J'y mis une passion qui ne venait pas de l'âme mais une passion quand même. Je jouai deux longues minutes, emportée par la fièvre ou le diable en personne, je ne sais pas très bien. Au dernier moment, avant de m'écrouler par terre, je pensai que savoir que ma mère suivait mes pas m'avait perturbée.

On m'interna à l'hôpital puis Mark m'emmena me reposer dans une station balnéaire. Dix jours sans violon. Il ne me manqua pas parce que j'avais mon homme pour moi, et il ne vivait que pour me rendre heureuse.

Il est là, en ce moment, devant moi pour nous donner le signal. Teresa commence et ensuite à la cinquième mesure ce sera à moi. Quand ce concert sera terminé, je ne la verrai plus jamais. Finie Teresa pour toujours. Je place le violon sur l'épaule, mon tour arrive, je commence la mélodie. Et alors, pour une raison mystérieuse, un son étrange et contrefait émerge des entrailles du Stainer et soudain tout chancelle.

Maria

Je ne suis pas restée pour assister à la deuxième partie du concert. Avant que les deux violonistes n'entrent sur scène, je me suis levée et je suis partie. J'ai parcouru toute la rangée en m'excusant. Les gens me regardaient d'un air étonné parce que je trébuchais sur ma robe trop longue. Mais je suis dehors, j'ai descendu l'escalier et je me suis dirigée vers l'entrée latérale du théâtre. Il fait nuit. Et le silence règne. Le public est dans la grande salle où Anna a dû réaliser, désespérée, que le violon n'émet pas les sonorités habituelles. Je me dirige vers la dame du vestiaire qui lâche une petite exclamation en me reconnaissant et m'indique l'étui qu'elle a à moitié caché parmi les manteaux.

— Oui, c'est ça, merci, le manteau et l'instrument.

Elle m'a parfaitement compris, et me tend mes affaires. Elle sera plus tranquille maintenant. Elle a dû se demander ce que je fabriquais avec ce violon. Je lui souris, la remercie et m'en vais.

Je tiens à peine debout, mon estomac ressemble à une marmite sous pression, pas parce que j'ai envie d'aller aux toilettes, puisque je n'ai rien avalé de toute la journée, mais à cause de ce mal de chien. Ça ne m'empêche pas de sourire, à mon âge, même les douleurs me font sourire. Je me couvre et je sors. Je jette un coup d'œil derrière moi sur les lettres lumineuses : « Staatsoper im Schiller Theatre ». Je retiens ma respiration, je ne sais pas ce que cela signifie exactement, mais les lettres frappent par leur taille et leur luminosité. Hier je ne les avais pas remarquées quand le taxi nous a déposés. Mais il faisait encore jour. Tiens, le sol est mouillé. Pourtant il s'est arrêté de pleuvoir.

Le jour où je rencontrai Teresa dans la rue près de la maison, il pleuvait aussi. J'avais acheté mon logement dans un quartier plus discret que celui de Monsieur. Mark, par contre, était resté vivre là-bas. J'allais m'occuper de son appartement une fois par semaine en échange d'un petit salaire et de la possibilité de bavarder un moment avec quelqu'un que j'appréciais. Parfois il n'était pas là, parce qu'il était de plus en plus demandé, il avait de plus en plus de concerts et en cela il commençait à ressembler à Monsieur, mais seulement sur ce point parce que le fils ne sera jamais comme le père et ne fera jamais de la musique comme le père, jamais.

Quand j'appris qu'il m'avait laissé tellement d'argent, cela ne me fit rien. Tout m'était égal, sauf le fait que Monsieur avait disparu de ma vie brutalement. Au début, je le pris comme une injustice puis je me sentis seule. Après quarante années passées en sa compagnie, je n'avais personne. J'avais de l'argent, mais moi l'argent, je m'en fichais. Mes larmes surgissaient à n'importe quel moment. Je me sentais triste, triste, triste. De temps en temps, je sortais la lettre qu'il m'avait laissée et je l'embrassais et aussi, quand il n'y avait personne, je jouais sur le Stainer les chansons allemandes et surtout celle de la fermière et du berger. Et je pensais : Ah si seulement Monsieur m'avait dit avant ce qu'il m'a écrit.

Puis Anna déboula et emporta le violon. Je ne pus l'empêcher d'entrer dans la salle de musique pas plus qu'autrefois. La malchance voulut qu'à cet instant le violon était posé sur une chaise parce que je venais de jouer et que la salle était le lieu le mieux insonorisé de la maison. Monsieur avait ordonné qu'on monte des parois spéciales particulières pour que les voisins ne se plaignent pas. De sorte qu'Anna s'empara du Stainer, et me demanda où se trouvait l'étui d'un ton sec.

— Le violon ne vous appartient pas, lâchai-je d'une voix faible.

— Bien sûr que si, il est à moi, n'importe qui vous le dira. Je joue sur ce violon depuis toujours, je vous le prouve quand vous voulez.

— Mais vous l'avez offert à Monsieur, il me l'a dit ! m'exclamai-je.

Anna me regarda avec une moue dubitative avant d'éclater de rire et de répliquer :

— Ne dites pas de bêtises, voyons, pourquoi voulez-vous que je lui ai donné ? c'est stupide.

J'étais désespérée, je ne savais pas quoi faire. J'aurais voulu aller chercher la lettre, lui apporter la preuve que le violon n'était pas à Monsieur, mais à moi, mais je me retins. Elle ne devait pas lire le passage où il racontait qu'il avait obtenu le violon en échange d'une promesse de mariage qu'il ne pensait pas tenir. Je choisis de me taire. Elle s'aperçut que je ne lutterais plus pour l'instrument et en profita pour insister :

— Vous me donnez l'étui ou je dois sortir l'instrument ainsi ?

Alors je sentis que je la détestais. Je n'avais jamais éprouvé un sentiment de ce genre pour quiconque et cela me déplut, mais à cet instant je ne pus l'éviter. J'allai dans ma chambre, je pris l'étui et le lui apportai en réprimant mes larmes de rage. Elle rangea l'instrument sans un mot pour me remercier, se contenta d'un « Bon vent » et disparut. Alors je me mis à pleurer.

Mais les larmes se tarirent vite, du moins celles pour le violon. Les autres, celles de Monsieur, je les ai gardées très longtemps, à l'intérieur. Elles jaillissaient de temps en temps et il n'y avait pas moyen de les arrêter. Pleurer à l'intérieur, ça non plus ça ne m'était jamais arrivé, comme de haïr Anna. Peu à peu, cela me passa parce que je compris que ce sentiment si négatif ne me faisait que du mal et qu'il aurait été stupide de le maintenir. Pour ce qui est de mes larmes intérieures, ce fut plus difficile. J'en avais mal au ventre, comme si du vinaigre érodait les parois de mon estomac, mais pas comme aujourd'hui où j'ai aussi l'impression d'avoir du vinaigre dans l'estomac sinon d'une autre manière qu'aucun médecin ne pourra jamais soigner.

En quittant l'appartement près de l'étang, Mark me demanda si je voulais emporter un souvenir. Je lui demandai la permission de prendre le violon, celui de l'étude. « Il en jouait toujours », mentis-je.

— Ah tiens ! je ne savais pas, je croyais qu'il avait arrêté le violon.

— Mais c'est que vous n'étiez pas souvent là.

— Vous avez raison, concéda-t-il avec une moue triste. Vous ne voulez rien d'autre ?

— Si, il y a autre chose, mais je crois que c'est trop lourd.

Mark haussa les sourcils en attendant la suite.

— Je voudrais emporter Beethoven.

Alors il éclata de rire :

— Elle est excellente celle-là ! Maria, vous êtes impayable ! Mais d'accord, on va essayer, je ne crois pas que ce sera un problème, c'est du plâtre.

On avait laissé le buste dans l'entrée pour faire plaisir à Monsieur, lors de son arrivée, mais si les propriétaires voulaient vendre ou louer l'appartement, il valait mieux qu'ils l'enlèvent parce qu'il occupait une place que n'importe quelle famille normale préférerait laisser à une petite table ou une lampe sur pied, comme dans les maisons chic. C'est ainsi que Beethoven se retrouva dans mon modeste appartement. Il ne tenait pas dans l'entrée, ni dans la cuisine, donc je lui donnai l'autre chambre, il n'y en avait que deux. Il y trônait, et je venais l'épousseter tous les jours. Au début je le saluais d'un « *Gut'n Tag* » mais peu à peu, je commençai à lui parler de Monsieur. Je lui lus la lettre qu'il m'avait donnée et que j'ai maintenant dans la poche et à chaque fois j'essuyais mes larmes. Moi, pas Beethoven parce qu'il était en plâtre. Et moi qui le croyais en pierre. De toute façon, il était froid, me regardait mal et devait être sourd. On disait qu'il n'aurait même pas pu entendre un tremblement de terre. Ensuite je prenais le violon et je l'accordais comme je pouvais, sans piano. J'avais découvert que si j'écoutais à la radio de la musique classique, j'étais capable de retrouver seule le *la*. Ensuite je me mettais à jouer les chansons allemandes, en particulier celle de la fermière et du berger, mais elle me faisait pleurer alors je décidai de ne plus la jouer, du moins pendant un temps.

Au début, tout me parut triste et obscur. L'appartement était petit, j'étouffais. J'allais une fois par semaine faire un peu de ménage et de repassage chez Mark et nous bavardions, mais le plus souvent il n'était pas là. Je rangeais et il me laissait la somme dont nous étions convenus, bien que grâce à l'héritage de Monsieur je n'en avais pas besoin. Monsieur dépensait peu, il n'avait même pas acheté le Stainer, c'était son père qui le lui avait donné et moi je ne dépensais presque rien parce que je vivais seule de sorte qu'avec ce qu'il m'avait légué, cela me suffisait pour vivre éternellement si je voulais.

En sortant de chez Mark, je passais toujours par le parc et l'étang aux eaux tranquilles où flottent les nénuphars, installés comme dans un lit sur leurs feuilles. Je fermais un instant les yeux pour capter l'odeur de la nature et je me laissais bercer par le froissement du feuillage des peupliers, les cris des enfants qui jouaient l'après-midi comme ceux des enfants dont Teresa s'était occupée à une autre époque et qui lui échappaient toujours.

Je rencontrai Teresa dans mon quartier, par hasard, et après qu'elle me demanda de mes nouvelles, et parla de Monsieur, heureusement, je pus lui répondre sans pleurer, le temps avait fait son œuvre, je l'invitai à s'abriter chez moi, comme il pleuvait. Cela aurait été mal élevé de ne pas le faire. Teresa disposait d'une bouteille de bon vin qu'on venait de lui offrir.

— On la boira ensemble ! proposa-t-elle gaiement.

Et nous montâmes à l'appartement. Je la fis passer devant la chambre de Beethoven, fermée, parce que je ne voulais pas donner d'explications et l'installai dans le petit coin de la salle à manger que j'avais arrangé.

— Comme c'est joli ! s'exclama-t-elle.

Puis elle me demanda si je voyais toujours Mark. Alors je lui dis que non, et c'était vrai, il m'avait donné mon congé deux jours auparavant.

Nous bûmes deux coupes de vin. J'avais appris beaucoup de choses avec Monsieur, entre autres à bien recevoir et à tenir une coupe prête parce qu'on ne savait jamais qui pouvait sonner à la porte. Il ne me manquait que le vin, heureusement Teresa l'avait apporté.

— Mais pourquoi ? demanda-t-elle quand je lui répondis que je ne voyais plus Mark.

— C'est à cause de Mademoiselle Anna, soupirai-je, maintenant elle est souvent chez lui et je ne lui plais pas beaucoup, vous savez.

Je ne lui dis pas que Mark m'avait donné un numéro de téléphone pour le contacter en cas de besoin et m'avait dit de garder les clés de sa maison en me répétant qu'il regrettait beaucoup d'avoir eu à prendre cette décision.

Teresa but une gorgée et toussa légèrement.

— Anna est une jeune femme compliquée, fit-elle d'un ton vague.

Elle termina son verre puis s'en servit un autre. Je me contentai de deux coupes et la laissai finir la bouteille. Avec tout ce vin, elle me fournit la clé du mystère du Stainer.

Aïe, je n'arrive plus à respirer. Je ne peux pas bouger. Il fait noir, il n'y a personne sur cette place aux pavés mouillés et glissants devant le théâtre. Avec beaucoup d'efforts, je parviens à mettre un pied devant l'autre, mais il est clair que je ne vais pas aller très loin. Sainte Vierge de la Macarena, j'ai compris ! je ne rentrerai pas à Barcelone.

Teresa

Mon Dieu, quelle horreur ! Le public n'a rien remarqué, du moins rien sur l'absence du Stainer parce qu'il s'est forcément aperçu qu'il se passait quelque chose en nous voyant tous les trois, Anna, Mark et moi, en état de choc. Au bout de deux mesures, Anna s'est arrêtée. On sentait qu'elle voulait continuer mais ne pouvait pas, comme si quelque chose l'empêchait de jouer, que ses doigts étaient paralysés, qu'elle ne pouvait appuyer sur les cordes ni faire glisser l'archet. Elle semblait plongée dans un étrange état de torpeur. Alors Mark a dû tout arrêter. Un silence gêné est descendu sur la salle. Nous nous sommes regardés, pétrifiés. Anna rouge comme une tomate, fixait son violon qui est identique au Stainer mais ne produit pas le même son. J'ai vite compris qu'il fallait sauver la situation d'une manière ou d'une autre. Et heureusement Anna n'a pas eu l'idée de vérifier la signature parce que alors les choses auraient mal tourné, mais vraiment mal. Elle est restée immobile, déconcertée. Cela n'a duré que quelques secondes car Mark a tout arrangé. Il s'est tourné vers le public et a dit avec un sourire :

— Pour ceux qui ne le savent pas, il a toujours fait de faux départs comme dans *Le Beau Danube Bleu* au concert du Nouvel An.

Le public a répondu par des rires et des applaudissements. Puis Mark s'est retourné et nous a lancé un regard qui voulait dire : « Vous deux, avec ou sans Stainer, nous allons donner le meilleur des concerts. » Et nous nous sommes lancées. Par respect pour la vérité, je dois avouer qu'Anna a réagi à ce contretemps de manière exceptionnelle. Pour une fois, le fait d'être si insensible, l'a aidée à se contrôler et à jouer avec ce violon inconnu comme s'il s'était agi du Stainer. J'ai admiré son sang-froid. Quand nous avons terminé, les applaudissements ont éclaté et j'ai pensé qu'Anna les méritait amplement. Elle avait gagné la reconnaissance du public. Nous avons salué, on nous a apporté des fleurs, et nous sommes sorties, laissant la place à l'orchestre.

— Que s'est-il passé ?

— Je ne sais pas, me répond Anna en regardant le violon.

Elle me paraît sincère. Elle ne sait rien, pas plus que Mark, pas plus que moi. Mais il nous pousse vers la scène :

— Allez, venez !

Nous nous dessinons un sourire aux lèvres et sortons sur la scène. Parfois dans la vie il faut faire semblant, se dessiner et avancer. Malgré les circonstances. Après la mort de Karl, je me sentis seule, très seule, et pourtant j'avais repris le conservatoire, le quartet, mais Karl représentait autre chose que le soulagement sexuel des premiers temps. Ce n'était pas comme avec Maties, pas cette passion effrénée ni une vision conjointe de la vie, cette sensation d'avoir trouvé ma moitié. Non, mais cet homme, ce grand chef d'orchestre, avait volé mon âme, celle que je mettais dans mes interprétations. Et encore, je ne jouais pas sur mon violon magique, qui a disparu de nouveau pour atterrir peut-être entre les mains de quelqu'un qui saura en tirer l'enchantement. À moins qu'il ne finisse dans une autre décharge...

— Vous n'imaginerez jamais où j'ai trouvé le violon ? dis-je à Maria.

— Quel violon ?

— Eh bien, celui d'Anna, le Stainer.

Je l'observai et alors que j'avais pratiquement fini à moi seule la bouteille, soudain je m'aperçus que je parlais à Maria de quelque chose qu'elle ne pourrait jamais comprendre, que j'avais beau l'apprécier et elle avait beau être charmante, elle, que ce soit un Stainer ou un Olivera, elle ne voyait pas la différence.

— Pardonnez-moi, repris-je en vidant la dernière goutte de mon verre, c'est une histoire si étrange, vous comprenez, avant, le violon d'Anna était à moi.

Maria me contempla comme si elle me voyait pour la première fois.

— Racontez ! exigea-t-elle avec avidité, comme si cela l'intéressait beaucoup.

Nous étions chez elle, nous nous étions croisées dans la rue par hasard, j'avais une bonne bouteille et je m'étais dit que c'était mieux de la partager que de la boire seule, parce que dernièrement je faisais tout seule. Et Maria et moi nous étions toujours bien entendues. Elle était très aimable alors nous passâmes un bon moment à parler de Karl, de Barcelone qui changeait tant, et c'est alors qu'elle me dit qu'elle ne retournerait plus chez Mark parce que Anna y était à moitié installée. Voilà comment j'en vins à lui raconter l'histoire de la décharge. Je ne l'avais jamais révélée à personne, mais Maria, venant d'où elle venait, était la candidate parfaite pour comprendre que dans les décharges on peut trouver des choses fascinantes. Même si elle ignorait ce qu'était un Stainer. Alors, je lui expliquai pourquoi ce violon avait tant de valeur. Je lui fis un résumé de ce que je savais sur ce luthier tyrolien qui avait vécu au 17e siècle et lui racontai avec des mots simples que les instruments qu'il avait fabriqués étaient spéciaux, qu'ils émettaient un son particulier, qu'il avait gravé sa signature, qu'on pouvait la voir à travers le S « Jacobus Stainer » ainsi que la date de fabrication du violon, dans notre cas 1672, ajoutai-je. J'énumérai ces données, et conclut :

— Au début du 19e siècle, on considérait ses violons comme meilleurs que ceux des Italiens.

— Que les Italiens, répéta-t-elle, les yeux écarquillés comme des soucoupes.

— Oui, les Cremona, Stradivarius, Amati, vous savez.

Mais elle ne devait pas savoir, parce qu'elle avait l'air de ne rien comprendre, alors je lui expliquai que Cremone était une ville italienne où l'on fabriquait les meilleurs violons du monde, les plus prestigieux.

— Ah ! se contenta-t-elle de répondre.

— Ils sont tous bien localisés, mais pas le Stainer.

Elle sourit d'un air absent. Ce que je lui racontais devait lui passer au-dessus de la tête. Je terminai :

— Enfin, la majeure partie des Stainer a fini dans des monastères autrichiens avant d'être vendue à des particuliers.

Je m'interrompis, un peu étourdie. Elle m'incita à poursuivre :

— Mais vous m'avez dit que le violon d'Anna était le vôtre.

J'acquiesçai puis lui racontai ce qui s'était passé, que je ne l'avais pas acheté, que je n'aurais jamais pu, qu'enfant je vivais dans la misère. Je lui racontai comment et pourquoi j'avais pu m'en sortir.

— Le violon était magique, répétai-je après une autre gorgée de vin.

J'examinai Maria pour voir comment elle prenait ce que je lui disais. Mais elle ne laissa transparaître aucune émotion, rien. Elle garda les yeux écarquillés fixés sur moi comme si elle ne m'avait jamais vue. Je ne sais pas si elle comprenait ce que je lui disais. Peut-être ne me croyait-elle pas.

— Je vous assure que j'ai trouvé le violon dans une décharge, finis-je par répéter en la voyant immobile. Vous ne me croyez pas, c'est ça ?

Alors elle sortit de sa torpeur :

— Mais si bien sûr, je vous crois.

Elle se leva :

— Pardonnez-moi, je reviens tout de suite.

À son retour, je devinai à son expression que le vin ne passait pas. Et pourtant elle avait peu bu. Contrairement à moi. Je tenais bien l'alcool. Puisque j'avais ouvert le robinet des confessions, je ne voulus plus m'arrêter :

— Mais ce n'est pas tout, repris-je en lui faisant signe de s'asseoir.

Maria ne se fit pas prier, les yeux ronds, comme éblouie par un flash. Je lui parlai d'Anna et de son père. Je lâchai toute l'histoire et à la fin, ce déversement se transforma en chagrin et j'éclatai en sanglots. Je n'avais jamais avoué à personne ce que j'avais gardé comme une boule de pus à l'intérieur de moi et que j'aurais mieux fait de sortir parce que cela aurait été plus facile à dépasser. Maria me tendit quelques mouchoirs en papier et me tapota l'épaule. C'était une femme vraiment généreuse. Elle ne saisissait peut-être pas la valeur de l'instrument que j'avais déniché dans la décharge, mais elle s'y connaissait en larmes et en sentiments. Elle n'était pas du tout comme Anna.

Son geste me rappela ma dernière nuit avec Karl quand il m'avait demandé que je le prenne dans mes bras, deux jours avant de mourir. Nous avons tous besoin de contact humain, nous avons tous besoin de caresses dans une grande ou une moindre mesure, même si nous prétendons le contraire. À l'époque, je ne savais pas que Karl courait un danger de mort, ni qu'on lui avait interdit de prendre l'avion, je ne savais rien. Et lui, il le savait, il savait que ses heures étaient comptées. Pourtant il se leva le lendemain, dirigea un concert, et prit un vol en direction de Vienne. Mais avant, il me demanda que je le prenne dans mes bras. Karl T. aussi était humain.

Mark

— Mark, écoute-moi ! Je n'avais aucune idée...

— Fiche-moi la paix, Anna, laisse-moi.

Nous nous donnons en spectacle devant tout le monde. Pas moins. Ma femme me suit ou plutôt me poursuit dans l'escalier qui conduit aux loges. Elle hurle qu'elle n'était pas au courant pour le violon. Quand le concert s'est terminé, Teresa, elle et moi avons examiné l'instrument. C'est la réplique exacte d'un Stainer, il est de la même couleur, avec la même petite tare arrangée, identique. Seule la signature est différente. Il porte le nom d'un luthier de Barcelone. Je sais qu'Anna est sincère, mais j'en ai assez. Cet incident m'a ouvert les yeux. Je ne sais pas ce qui s'est passé et je ne sais pas qui peut avoir fait cette mauvaise farce à ma femme, même si au fond je pense qu'elle le mérite, mais pas nous et en fin de compte, nous sommes au moins trois à avoir été punis ou du moins surpris. Tout le monde a voulu examiner le violon en cherchant à comprendre ce qui s'était passé. Nous avons répondu que nous ne le savions pas, et ils sont partis en maugréant, tu parles d'une blague. Mais je suis sûr que l'orchestre rit sous cape, parce que la vérité, c'est tout bonnement qu'ils ne supportent pas Anna.

— Ce n'est pas ma faute, Mark.

— Je sais, mais laisse-moi tranquille !

Nos paroles, nos cris, résonnent sur les murs blanchis et sur le dessin abstrait qui orne l'escalier du théâtre. Soudain tout se fige dans mon âme. Je ne sais pas ce que représentent ces figures, je ne vois que des oiseaux mal faits. Que se passe-t-il ? Pourquoi tout est si étrange ? Si surréaliste ? Et Anna et son obsession de l'eau. Hier soir, elle m'a obligé à longer la Spree. Il faisait un froid glacial mais absorbée par le fleuve, elle n'écoutait rien de ce que je disais et pourtant elle s'agrippait à moi. Parce que je suis le seul qui la supporte, qui l'aime. Ou plutôt qui l'aimais.

J'arrive devant ma loge, je me retourne et je lâche :

— Anna... Pourquoi te montres-tu si méprisante envers les autres ?

Je sais que là n'est pas la question, que cela n'a rien à voir avec le violon, mais c'est le détonateur qui m'a permis de me rendre compte de ce qui se passait en réalité. Elle se tait pendant un moment, surprise, et me regarde avec ces yeux fascinants que je découvre cruels. Finalement, elle se mord les lèvres et ensuite plutôt que de me répondre, elle déclare :

— Je dois te dire une chose, Mark.

Elle me le dit sur son ton de séduction habituel. Celui qui m'a fait tomber dans ses bras, qu'elle a toujours utilisé pour me tenir attaché et bien attaché, je le vois maintenant. Je prends ma respiration :

— Anna, moi aussi je dois te dire une chose... Écoute-moi bien. Ça suffit. C'est fini. Je suis désolé, j'en ai assez. Je ne t'aime plus. Je regrette.

Voilà, je l'ai dit, enfin. J'entre dans la loge. Je la laisse plantée devant la porte, avec son faux Stainer dans la main, le regard fixé sur ma nuque, je sais qu'elle est collée là, un regard qui parle d'une vie de souffrances qu'elle n'a pas su résoudre et qui lui présentent la facture. Je me tourne, elle veut me dire quelque chose. Elle bouge les lèvres, mais aucun son ne sort. Elle baisse la tête, fait demi-tour, et s'éloigne doucement. Elle s'appuie sur la balustrade pour descendre les escaliers. Adieu Anna.

Anna

Il ne pleut plus mais le sol est glissant. Je vais tomber, je vais tomber, je porte des talons aiguilles. En souffrant, toujours en souffrant. Et j'ai oublié mon manteau. Je suis sortie en robe de concert. Je ne sais pas où je vais. Je ne sais pas quoi faire maintenant. Je regarde par terre, j'essaye de distinguer les flaques, ces pavés humides qui représentent un risque avec des escarpins. Je m'accroupis, je touche du bout du doigt le sol froid, mouillé, brillant. Non, non, ici mon âme ne rentre pas, c'est impossible, elle n'est pas ici.

Je n'ai rien révélé à Mark. Je ne lui ai pas dit que j'attends un enfant de lui parce que peut-être que je n'en aurai pas. Au dernier moment, j'ai préféré me taire. L'enfant sera pour moi seule. Très bien. Plus de Mark, plus de Stainer, mais au moins il me reste le bébé, si tout va bien, parce que je suis déjà âgée pour une grossesse, il va falloir que je fasse attention, que je ne commette pas d'excès ni d'imprudences.

Où est passé le Stainer ? Quelqu'un a dû le voler. Je regarde autour de moi. Le public est parti, et là-bas dans un coin, un petit groupe de musiciens de l'orchestre qui bavardent et rient. Ce sont peut-être eux qui ont pris mon instrument. Le coup était prémédité, c'était une copie exacte faite à Barcelone. Un Stainer sans l'être parce qu'il lui ressemblait comme deux gouttes d'eau jusqu'à ce que je joue. Je n'ai remarqué aucune différence en le prenant et pourtant, c'est à ce moment-là qu'on l'a changé. Quelqu'un a laissé un chat à la place d'un lièvre au moment où je suis sortie respirer dehors et regarder la pluie. Quelqu'un qui connaissait mes habitudes. Oui, mais qui ? Ni Teresa ni Mark, c'est impossible. Même si Mark m'a quittée et même si je hais Teresa, je suis certaine que cela n'a rien à voir avec eux. Mais alors si ce n'est pas eux, qui ? Je ne vois personne dans mon entourage. Quelqu'un que je ne connais pas m'a suivie pour me voler le Stainer, a épié tous mes mouvements, concert après concert, pendant un certain temps. Sans doute un trafiquant d'art, à l'heure qu'il est, il aura vendu le Stainer à un client qui lui en aura promis un bon prix.

— Tu ne devrais pas te couvrir un peu, Anna ?

La voix m'a fait sursauter. Je ne m'y attendais pas. Je me retourne et je découvre ma mère. Elle a encore vieilli, elle a rapetissé, c'est une petite chose avec son écharpe et son bonnet et son manteau. Soudain j'ai un doute et je lui demande de but en blanc :

— C'est toi qui m'as pris le Stainer ?

Elle éclate de rire :

— Non ma fille, que veux-tu que je fasse de ce violon ou de l'argent qu'il pourrait me rapporter ?

Alors elle cesse de rire et hésite un peu avant de déclarer :

— Mais j'ai remarqué que tu ne jouais pas avec ton violon habituel. On t'a donc volé le Stainer...

Je me tais. Bien sûr, maman aussi l'a remarqué parce que même si elle ne m'a plus adressé la parole après notre dernière entrevue, elle a continué à me suivre de concert en concert. Quelle constance. Puis elle ajoute doucement :

— Je suis venue te parler parce que j'ai vu que tu avais des problèmes.

— Allons ! Tu ne vas pas me dire maintenant que tu vas m'aider à les résoudre. Tu sais quel a été mon principal problème jusqu'à quatorze ans ?

Je cherche à lui faire mal, je ne peux pas m'en empêcher. Et la voilà qui se met à pleurer. Elle dissimule ses larmes sous son écharpe, mais je les vois couler et briller sous les réverbères berlinois. Je l'examine avec attention et soudain je m'aperçois que ce n'est plus maman mais une vieille dame qui pleure parce qu'elle porte un grand poids sur la conscience et qu'elle n'a plus de force pour le soutenir.

— Adieu, je vais chercher mes affaires, dis-je pour rompre le silence.

En réalité, je ne sais pas quoi dire, quoi faire.

Je pivote sur mes talons. Et alors j'entends ma mère dans mon dos :

— Tu veux que je t'attende ?

Je m'arrête. Quelque chose bascule à l'intérieur de moi, je ne sais pas exactement quoi, mais c'est quelque chose qui brusquement change ma vie. Je pose ma main sur mon ventre où se trouve une vie que je vais devoir apprendre à comprendre. Je devrais faire ce que maman n'a pas fait avec moi. Mais peut-être ne serais-je pas si seule si...

— Anna...

Elle s'est mise devant moi. Je ne vais pas l'embrasser. Je ne peux pas. Mais je viens de découvrir qu'il y a un moment dans la vie où il ne nous reste rien, sauf ce qui se plante devant notre nez et alors nous devons choisir. On cherche les Indes et on trouve l'Amérique. Maman n'est plus maman, c'est une femme âgée surgie du tréfonds du passé, une femme qui a séché ses larmes, seule une petite goutte glisse sur l'écharpe et cesse d'exister. Cela se produit exactement au moment où je comprends que mon âme se trouve dans cette dernière larme, celle que j'ai cherchée pendant tant d'années.

Comme si nous étions des collègues de travail et que nous nous voyions tous les jours que Dieu fait, avant d'entrer dans le théâtre, je lui dis d'un ton absolument neutre :

— Attends-moi un instant, s'il te plaît… Je reviens tout de suite.

La fermière et le berger

— Maria ! Bonjour, ma jolie, vous m'entendez ? Bonjour...

— Bonjour, Monsieur et *Gut'n Tag, Herr* Beethoven. Vous êtes ensemble, c'est bien. Ah, comme c'est bien, Monsieur ! Ne me regardez pas comme ça, je vais rougir. Quels beaux nuages colorés... Ils apparaissent et disparaissent, on dirait ces cotons de couleurs comme ceux qu'utilisait une dame chez laquelle j'ai servi à Barcelone avant de venir travailler pour vous. Je n'en avais jamais vu, et j'ai cru rêver en découvrant ces petites boules tendres aux couleurs différentes. Elles étaient si jolies. Bien sûr, ça ne vous dit rien. Chez vous, quand j'achetais quelque chose en coton, je le prenais toujours en blanc parce que je pensais que si je vous les achetais de couleurs, vous me demanderiez des explications ou vous ne comprendriez pas qu'il s'agissait aussi de coton. Parce que vous, il faut bien l'avouer, à part la musique, il n'y a rien. Enfin, si, d'accord, une chose de plus... Mais quelle grande surprise, Monsieur, parce que mon cœur s'est figé en lisant votre lettre, et je n'ai pas su réagir avant d'apprendre que vous étiez mort. Après, je n'avais plus à réfléchir, je n'avais plus besoin des quinze jours que vous me laissiez pour prendre une décision que de toute façon j'avais déjà prise, parce qu'il y a des décisions, Monsieur, qui ne se prennent pas, des décisions que l'on porte gravées dans son cœur et vous aurez beau vous efforcer de vouloir en choisir une autre, vous n'y parviendrez jamais.

Et ensuite, qu'est-ce que j'ai pleuré ! Je n'ai pas pu toucher au violon avant longtemps, vous savez, il m'a fallu une année entière. J'ai essayé quand je vivais encore dans votre maison, mais je pleurais tellement, j'ai dû m'arrêter tout de suite. Après, chez moi, j'ai tenté de nouveau, mais cela n'a pas duré longtemps. J'ai vite abandonné l'idée de dépasser l'insurmontable. J'ai abandonné l'instrument à côté de Beethoven. Ils se tenaient compagnie, tous les deux couverts de poussière. J'entrais tous les jours dans cette chambre et je me disais aujourd'hui je vais y arriver, je regardais le violon, je faisais la dure mais rien, je repartais sans y avoir touché. Un an a passé. Quand je suis allée les voir, Beethoven qui était gris était devenu marron et l'étui du violon qui était marron foncé, avait blanchi sous une épaisse couche de poussière.

— Comment vous sentez-vous, Maria ? Ne vous en faites pas, tout est prêt, vous ne souffrirez pas, ma jolie.

Si c'est l'infirmière qui le dit, je n'ai pas à m'en faire. Jamais je n'aurais cru que je réussirais à accomplir ce que j'ai fait. Mais je ne pouvais œuvrer d'une autre façon. « Je suis désolé », m'avait dit Mark, « ma femme préfère que vous ne veniez pas, elle, elle... » Il ne put terminer sa phrase, incapable de justifier qu'Anna ne pouvait pas m'encadrer. « Ne vous en faites pas, je ne reviendrai pas », le rassurai-je alors qu'il était bêtement coincé sur le « elle, elle ». Il se mordit la lèvre et ajouta comme s'il me faisait une grande faveur : « Mais gardez les clés, qui sait ? » J'eus de la peine pour lui, il ne savait pas comment arranger la situation, ne pas m'abandonner comme un vieux chiffon sans possibilité de revenir à cette maison, à l'appartement comme il disait. Bon, si ça c'était un appartement, alors chez moi ce devait être une cage à lapins, il n'y avait pas de comparaison, on aurait dit un palais et pourtant Mark savait ce que signifiait la vie dure, mais apparemment on s'habitue vite au confort.

Cela se produisit quelques années après que j'avais repris le violon. Je m'emmêle dans les dates et Monsieur, je confonds aussi toutes les femmes qui sont passées par votre canapé. C'était une autre époque, quand elles étaient là, vous ne faisiez pas attention à moi, vous oubliiez même ma leçon. Ensuite tout changea, mais pas au début, vous vous souvenez ? Ne faites pas l'idiot, ne prenez pas la tangente, je ne veux pas récriminer, non, mais c'était ainsi, Monsieur, vous devez le reconnaître. Comment dites-vous ? Vous ne me voyiiez pas. Je sais, mais ne vous en faites pas, je ne vous en voulais pas... Par contre, les derniers temps, je ne sais pas si vous me voyiiez, mais vous paraissiez fâché avec moi, vous ne me disiez rien... Oui, vous me l'avez expliqué dans votre lettre, je sais, je me suis même mise à trembler en la lisant Monsieur. C'est vrai, je me suis mise à trembler et j'ai pleuré aussi, Monsieur, pas de chagrin comme quand j'ai appris votre mort, à ce moment-là je ne voyais pas ces nuages de couleurs, ni l'arbre qui se termine en pointe... Je devais y aller. Il le fallait. L'arbre était jaune, la lune l'illuminait, je posai l'étui et je me mis à jouer. J'étais seule, Monsieur, il faisait nuit noire et j'avais très mal au ventre, j'avais si mal qu'à la fin tout était une boule de feu.

— Comment vous sentez-vous, Maria ?

Je dirais bien mais je ne peux pas répondre. Maintenant je ne peux pas parler. Je fais un bruit bizarre qui sort de là où j'avais le feu. Il a disparu, il n'y a plus qu'une paix insolite qui me conduit au paradis des nuages de couleurs et à Beethoven qui m'examine d'un air peu aimable. Et à vos côtés, oui, je sais Monsieur, il n'y a pas besoin que vous disiez autre chose, je le sais, je le vois.

L'infirmière qui parlait espagnol est venue parce que les autres s'expriment dans la langue peu compréhensible de ce pays. Je ne comprends que leur « *Gut'n Tag* ». La première fois que je l'ai entendu, j'ai fait un effort titanesque pour ouvrir les yeux et voir si Beethoven était dans la chambre où l'on m'a installée. Mais non, il y avait seulement une télévision, une chaise et une armoire, couleur aile-de-mouche. Je ne savais pas où j'étais, j'ai essayé de me souvenir mais au début rien ne me venait. Après oui, et à la fin, j'ai pu parler avec une infirmière qui m'a expliqué qu'on m'avait trouvée par terre, inconsciente, au milieu d'une place, le violon à mes côtés, et que cela faisait trois jours que je dormais, mais il ne fallait pas que je m'inquiète, le violon était dans le placard. J'ai ouvert les yeux et je lui ai dit que je souffrais.

Maintenant tout est arrangé, Monsieur. Après le récit de Teresa sur l'origine du violon, les choses se sont enchaînées. À peine six mois plus tard, votre fils m'appelait pour me demander un service. Je devais jeter un œil sur son appartement parce qu'il devait emmener Anna se reposer dix jours, et il serait plus tranquille si je passais de temps en temps à cause des bijoux et du Stainer parce que le médecin leur avait dit qu'ils ne pouvaient pas l'emporter, qu'Anna devait oublier pendant dix jours la musique. Je crois que Mark n'avait pas confiance en la domestique qu'avait engagée Anna parce qu'il me dit « Venez deux jours, il n'y aura personne, vous serez seule, mais ne touchez à rien pour qu'on ne pense pas... » Il s'interrompit. Quand il parlait avec moi il laissait souvent ses phrases en suspens, il ne savait pas comment les terminer et moi il me faisait de la peine parce qu'il était trop sincère, il devait apprendre à être plus diplomate.

— Ne vous inquiétez pas, le rassurai-je.

— Merci, Maria ! me dit-il immédiatement, vous êtes mille fois plus précieuse que les bijoux et le Stainer réunis.

Et je me suis réjouie parce qu'il m'a semblé qu'il souriait à l'autre bout du fil.

Je n'y avais pas pensé avant, mais une lumière s'est allumée dans mon cerveau, une lumière comme celle qui s'est allumée hier, aujourd'hui ou il y a dix jours, parce que j'ai perdu la notion du temps, une lumière comme celle qui m'a poussé à dire à l'infirmière, quand je pouvais encore parler, prenez une feuille, un stylo et écrivez ceci : « Teresa, comme vous le verrez dans la lettre de Monsieur Karl que je joins, le violon m'appartient. C'est moi qui l'ai jeté dans la décharge et maintenant je vous en fais cadeau. » J'ai signé comme j'ai pu et j'ai demandé à l'infirmière :

— S'il vous plaît, quand je mourrai, envoyez ce message, et la lettre dans le tiroir de la table de chevet, et le Stainer, tout ensemble à cette adresse au nom de madame Teresa.

— Le Stainer ? répéta l'infirmière avec l'air de ne rien comprendre.

— Le violon qui se trouve dans l'armoire.

— Ah oui, bien sûr, fit-elle, un peu déconcertée.

— Ce violon a un nom.

Il me semble Monsieur que c'est la dernière phrase que j'ai prononcée et maintenant je ne sais plus où j'en suis... Oh, comme le temps passe, si vite, et comme tout est étrange. Personne ne sait combien cela m'a coûté de dire des choses aussi suivies à l'infirmière, mais j'y suis parvenue et ensuite j'ai fermé les yeux, le cœur apaisé.

Quand j'ai joué de nouveau la fermière et le berger, dans mon petit appartement, j'ai d'abord dû nettoyer le violon, puis l'accorder. Une corde s'était cassée, le *mi*, aussi je courus en acheter une autre, je savais où en trouver parce que vous vous souvenez Monsieur, vous m'envoyiez souvent acheter des cordes neuves et vous m'aviez appris à les placer. Si bien que je n'ai jamais eu de problème ensuite pour le faire. Je jouai cette chanson, et d'autres, sans pleurer mais avec tellement de sentiment, que je suis sortie du monde, je fermais les yeux et je vous voyais et quand je les rouvrais je pensais que je vous verrais mais non, il n'y avait que Beethoven, impassible, qui semblait approuver ma façon de jouer.

Chez moi, tout était petit. Et chez Mark tout était grand. Je connaissais bien son appartement et je mis peu de temps à repérer le Stainer. Mon plan était très clair, l'idée m'était venue, comme ça, je ne savais pas si elle était bonne ou mauvaise, mais j'ai fait ce que je devais faire. Je suis devenue méthodique et précise, Monsieur. Je suis allée rapidement chez le vendeur de cordes et je lui ai demandé s'il connaissait quelqu'un qui fabriquait des violons. Il me donna un nom et une carte de visite et je tombai sur un homme qui me dévisagea de haut en bas quand je lui racontai que j'avais besoin d'un violon particulier et qu'il n'avait qu'une semaine pour le faire. Il me répondit avec sarcasme qu'un violon n'était pas un jouet, je lui dis que je le savais et que j'étais prête à payer ce qu'il fallait pour avoir la copie exacte de mon violon en une semaine. Alors je lui donnai un chiffre, le quart de la somme que vous m'avez léguée, et on voit que c'était un prix exorbitant, parce qu'il écarquilla les yeux et après un moment de stupeur, accepta. Je lui apportai le Stainer le lendemain et le récupérai au bout d'une semaine. Le luthier qui au début m'avait considérée d'un air moqueur et méfiant, m'attendait avec un thé et des gâteaux et m'invita à m'asseoir, mais pour me venger, je refusais. Je venais simplement chercher ma commande. Il s'inclina jusqu'au sol, enfin presque, puis alla chercher les violons et me les apporta. Je vérifiai que le Stainer était intact, puis examinai la signature et enfin la copie et, Dieu, c'était la copie conforme ! La seule différence, c'était le son, je le sais parce que je jouai devant le luthier, bouche bée, et sans lui laisser le temps de fermer sa bouche, le payai, et partis. Je remis le Stainer à sa place chez Mark un jour avant son retour. Il m'appela pour me remercier. Et au fond de moi je pensais tu m'as déjà remercié, tu n'as pas idée.

L'autre violon avait aussi une âme, je l'ai vue. Monsieur je n'arrive pas à comprendre comment l'âme des violons se voit et pas celle des personnes. Mais si la nôtre possède cette forme, je comprends qu'elle vole, et quand la mienne s'en ira, elle filera vers vous. Quand nous serons réunis, nous prendrons des chocolats à la crème dans la cuisine de votre maison, la maison aux nuages de couleurs. Si vous voulez, vous pouvez avoir des dames en action, cela ne me gêne pas, ne croyez pas. On s'habitue à tout. Et cela fait tellement d'années…

J'ignorais quand je pourrais changer le violon, puis, le temps passant à la fin j'ai cru que je ne pourrais jamais le faire. Mais bon, au moins j'avais l'impression de jouer sur le Stainer, parce que le violon neuf lui ressemblait beaucoup et sonnait très bien. Et alors que j'avais perdu tout espoir, Mark me téléphona et me parla du concert de Berlin, je devais venir, il en serait très heureux. « Et Anna ? » demandai-je. Il me sembla qu'il commençait à s'en ficher un peu.

— Aucune importance, dit-il, je veux que vous veniez.

Je refusai d'abord, puis acceptai parce qu'une idée m'était venue. J'ai répondu :

— D'accord, je viendrai.

J'étais très fatiguée et je commençais à avoir mal au ventre. Mais seulement un peu, je n'y accordais aucune importance. Et en plus, je voulais finir ce que j'avais commencé. Je me souviens que je chantonnais tout en cherchant un plan, parce que Mark m'avait dit qu'à Berlin ils joueraient la musique des dimanches matin, celle qui avait les paroles que j'avais inventées. Un jour, vous savez quoi, Monsieur, je suis allée au magasin où ils vendaient des disques et j'ai demandé s'ils avaient ce morceau. J'ai chantonné et l'employé a rougi et a appelé un collègue et il m'a dit « Vous voulez parler du *Concerto pour deux violons* de Bach ? » « Exactement ! » me suis-je écrié parce que les deux violons coïncidaient avec mon idée. Bien sûr, vous jouiez cet air avec deux violons, donc ce devait être ça. J'ai acheté le disque, un CD que je pouvais mettre sur mon appareil de radio musique, je suis rentrée chez moi et à partir de cet instant, j'ai eu un accompagnement musical. Mais Monsieur chaque fois que je mettais le disque de Bach, je me mettais à pleurer parce que je vous revoyais, grand, et fort, riant et buvant un chocolat. Je ne sais pas pourquoi c'est toujours cette image qui revenait. Tiens, là, je vous vois avec votre tasse, vous n'avez donc jamais arrêté après tant d'années ! Mais ce n'est pas moi qui vous l'ai préparée parce que je ne peux pas bouger et je crois que j'ai quelque chose sur le visage, dans la bouche et le cou, je ne pourrais rien avaler. Sainte Vierge de la Macarena ! s'ils m'enlevaient tout ça, je partirais avec vous, j'en ai assez de tout ça. Si je pouvais bouger, j'arracherais tout moi-même et cette histoire se terminerait. Mais je ne peux pas bouger, je n'ai pas assez de forces pour arracher ce tube une bonne fois pour toutes.

J'achetai un billet pour la veille du départ en racontant à Mark que j'avais une nièce qui vivait là-bas et m'avait demandé que j'aille passer un jour avec elle. Moi, je n'ai pas de sœur ni rien parce que je suis fille unique et toute ma famille vit en Andalousie, mais Mark me crut, un peu étonné, parce qu'il avait acheté mon billet, mais il pouvait l'annuler : « Vous êtes bizarre Maria », il m'a grondé à moitié, « et moi qui pensais que vous ne sauriez même pas acheter un billet. » Dans mon for intérieur, je me dis et à votre avis qui achetait les billets de votre père ? Mais je me tus. J'étais allée à l'agence habituelle un mois auparavant. Enfin, plus ou moins, parce que je ne sais pas depuis combien de temps je suis ici. Ah, comme c'est compliqué ! Une fois là-bas, je cherchai une tête connue et il restait un monsieur âgé, pas aussi âgé que vous ou moi, Monsieur, mais il avait remplacé l'employée qui m'aidait et qui était partie à la retraite. Il m'obtint un aller-retour sans le groupe, parce que ici à Berlin il y a je ne sais combien de musiciens qui sont venus comme quand vous partiez en tournée avec tout l'orchestre, mais alors les billets je ne les achetais pas moi, c'était trop compliqué. L'employé m'invita à m'asseoir et me trouva une chambre d'hôtel.

Eh oui, j'ai fait tout ça, Monsieur. Cela vous étonne ? Je vois que non. Le jour de mon arrivée à Berlin, j'apportai la copie du Stainer au théâtre. Je la laissai au vestiaire pour une somme modique après une explication avec l'employée. En réalité je ne savais pas quand faire le changement, mais je m'étais mis en tête de le faire là à Berlin, pour vous et pour tout et aussi pour Teresa, qui avait connu tant de souffrances dans sa vie, la pauvre petite. Il est vrai qu'Anna aussi a souffert et peut-être est-ce elle qui a le plus souffert de nous tous, mais elle sera d'accord avec moi pour dire qu'elle méritait une bonne leçon pour apprendre à tomber et se lever d'une autre manière. Ne me regardez pas ainsi Monsieur, au fond vous savez que j'ai raison.

Je retrouvai les autres à l'hôtel le lendemain. Anna m'a fait une tête de dix mètres de long, l'air pincé, alors qu'assise sur une chaise, parce que mes allées et venues m'avaient éreintée, je les écoutais discuter des détails au sujet de la répétition, du théâtre. Lors du petit déjeuner, je compris qu'Anna avait l'habitude de beaucoup pratiquer dans sa loge avant d'entrer en scène et qu'ensuite au dernier moment, elle laissait le violon près de l'entrée de la scène et sortait prendre l'air. Elle rougit même quand quelqu'un le lui dit en riant parce que les musiciens se moquaient d'elle tout le temps, même en cachette. Je ne crois pas qu'elle s'en rendait compte, mais Anna levait chaque fois le nez pour indiquait quelque chose et comme elle a le nez petit et étroit, on aurait dit une aiguille... Je ne sais pas Monsieur comment vous avez pu la prendre sur le canapé, parce que cette femme est imbuvable, franchement... Mais bon, je ne vais pas commencer à vous faire des reproches maintenant, ne vous inquiétez pas.

Le reste fut plus ou moins facile. Je ne comptais pas me trouver mal, ça non, pourtant c'est arrivé, et j'ai souffert, Monsieur, vraiment souffert, des brûlures à l'estomac terribles, chaque fois pire, qui me coupaient même parfois la respiration, mais il fallait que je tienne pour faire le changement. Après, je quittai la salle, je ne tenais plus debout et je ne voulais pas savoir ce qui arriverait quand Anna se mettrait à jouer. Je ne voulais pas non plus qu'on me retrouve morte dans mon fauteuil d'orchestre. De sorte que je partis en passant par le vestiaire et en récupérant le Stainer que j'avais laissé. Je comptais le prendre le lendemain, mais je n'en pouvais plus, Monsieur. Une fois ma mission accomplie, je me suis sentie mourir. J'ai touché votre lettre, la lettre que je portais sur moi et qui se trouve maintenant dans le tiroir de la table de chevet prête à être envoyée à Teresa et je ne vous dirai pas où je la portais avant parce que j'ai honte, mais vous pouvez imaginer, et je me suis dit qu'il me restait une dernière chose à faire avant de quitter ce monde. J'ai arrêté un taxi et du mieux que j'ai pu, je lui ai demandé de m'emmener à la Kollwitzplatz. Et même si cela paraît impossible, le chauffeur m'a comprise.

Il y avait un arbre qui se terminait en pointe Monsieur, avec un banc en dessous. Un arbre joli bien qu'obscur et tristounet. Un couloir de feuilles, qui se soulevaient à chaque pas parce que je traînais les pieds, y menait. Le violon me paraissait très lourd. Je ne savais pas comment tout ça finirait, mais je savais ce que je devais faire.

Là, sous l'arbre jaune et pointu, je me suis mise à jouer la fermière et le berger. Je ne pouvais pas respirer, je ne pouvais pas bouger à cause de la douleur qui me transperçait tout le corps mais j'ai placé le violon sur mon épaule, le violon parfait, affiné par Anna. Tout était mouillé, mais il ne pleuvait plus et une lune ronde comme une orange s'est levée, une lune qui me caressait le visage comme si c'était votre main. J'ai fermé les yeux et j'ai joué sur le Stainer. Le violon faisait de la magie et soudain, je n'étais plus dans ce parc, sinon à côté du piano dans la salle de musique avec vous. Et je me suis imaginée, en fermière et vous en berger. Des larmes chaudes ont réchauffé mes joues glacées parce que vous devez savoir Monsieur, que cette ville qui est la vôtre, est la ville du froid. Je ne pouvais pas m'arrêter de pleurer. J'ai joué jusqu'au bout. À la fin, vous vous êtes levé, vous vous êtes approché et vous m'avez dit : « Enlevez-moi cet uniforme ! »

Voilà, je ne sais rien de plus. J'ignore ce qui s'est passé. Tiens, je réussis à ouvrir les yeux. Il n'y a personne. Avec une main, maintenant que j'ai retrouvé un peu mes esprits, je m'aperçois que si je le veux, je peux retirer ce tuyau si gênant. Si s'y parviens Monsieur, je partirai avec vous pour toujours dans les nuages de couleurs et ici, de moi, il ne restera aucune trace, pas même mon âme.

Maria

Je ne suis pas du genre à écrire beaucoup. Je ne sais même plus comment on compose une phrase entière. Mais il y a une chose que je veux vous dire. Je n'ai pas osé le faire de vive voix depuis tout ce temps et donc je me livre par ces mots que je vous remets, comme je suis très lâche, juste avant de partir quelques jours à l'étranger.

Le violon que vous avez jeté par erreur, il y a environ quarante ans, est à vous. Je l'ai récupéré pour vous. Gardez-le et jouez chaque fois que vous le pourrez ces chansons allemandes qui vous vont si bien, surtout celle de la fermière et du berger. Vous jouez avec une délicatesse que je n'ai trouvée chez aucun autre musicien. Il ne vous manquait qu'un violon comme le Stainer. Quand mon père me l'a donné, il l'avait rapporté de Salzbourg, il n'imaginait pas qu'il tomberait entre les mains de quelqu'un qui le ferait sonner si bien. Oui, je sais que vous n'avez ni l'agilité ni la perfection technique d'autres violonistes parce que vous n'avez pas bénéficié des opportunités qu'ils ont eues. Mais vous avez ce que beaucoup de musiciens tueraient pour posséder : la capacité de couper le souffle à celui qui vous écoute. Par exemple moi. Vous m'avez fait pleurer Maria et vous n'imaginez pas comme il est difficile de faire pleurer un musicien.

Mais ce n'était pas ce que je voulais vous dire. Ce que je voulais vous dire, Maria, c'est que vous avez volé mon âme. C'est peut-être pour cela que vous jouez si bien. Parce que vous avez deux âmes, la vôtre et la mienne. Vous qui pendant quarante ans, vous êtes déplacée silencieusement à mes côtés, qui avez tout fait pour que je me sente bien dans ma maison, qui avez veillé à ce qu'il ne me manque rien, qui m'avez préparé ce chocolat exquis que je prends surtout pour le plaisir de bavarder avec vous... Avec vous, qui avez ri et pleuré avec moi... vous êtes entrée dans mon cœur pour de vrai. Je m'en suis aperçu le jour où vous avez si bien joué notre chanson... Le jour où je vous ai demandé d'enlever votre uniforme. J'ai dû sortir pour me retenir de le faire moi-même, cela m'a beaucoup coûté de me contenir. Imaginez si je l'avais fait... Qu'auriez-vous pensé de moi si je vous avais déshabillée quand je ne sais pas ce que vous pensez de ma façon de vivre ma vie... ? Maria, j'ai essayé de vous ôter de ma tête mais je n'y arrive pas. Et c'est la première fois que cela m'arrive : j'ai connu ma femme très jeune et dans des circonstances particulières. Je suis tombé amoureux, c'est vrai, mais je ne sais pas si ce n'est pas poussé par tout ce qui se passait à cette époque. Les autres femmes avec lesquelles j'ai couché, ce n'était que des moments d'intensité musicale... Comme changer de ton dans une même composition. Je ne sais pas si je me fais bien comprendre et je ne sais pas si un jour vous avez pu me comprendre, mais je ne vois pas comment le dire autrement. Par contre avec vous, les derniers temps, j'ai dû réprimer tous les jours l'envie de vous baiser les mains, le visage, l'envie de vous dire ce que je ressentais. L'envie de vous dire que je vous aime. Pardonnez ma sincérité mais c'est ce que j'éprouve et je ne peux éviter de vous le dire même si je n'ose pas le faire de vive voix.

Je m'en vais et j'espère rentrer. Maintenant je me sens très bien. On m'a dit qu'un voyage pouvait nuire à ma santé fragile mais vous savez comment sont les médecins, ils exagèrent toujours. Et moi, je me vois des forces pour tout. Alors vous avez quinze jours pour réfléchir... Et à mon retour... Vous voudrez bien me donner une réponse ? Nous sommes assez grands tous les deux et nous nous connaissons si bien ! Je n'ai plus envie de fréquenter d'autres femmes si c'est ce qui vous préoccupe, mais je ne crois pas, je ne crois pas que cela vous ait jamais beaucoup préoccupé. Si vous me dites oui, j'aimerais vous emmener à la Kollwitzplatz... Nous irons à Berlin et nous emporterons le Stainer et vous pourrez jouer là où je jouais la chanson de la fermière... Et je serai fier de vous avoir appris quatre notes pour que vous puissiez y mettre de l'âme, l'âme que vous possédez depuis que vos parents vous ont appris à chanter. Je vous prendrai dans mes bras et nous serons heureux, Maria.

Mais... Ne vous en faites pas, si vous ne voulez rien de moi... Je veux dire rien de plus que ce qu'il y a eu jusqu'à maintenant, eh bien, je vous promets que je saurai me tenir à distance. La même distance que nous avons gardée durant ces quarante merveilleuses années.

À vous pour toujours,

Karl

PS. J'oubliais, j'ai promis à Anna que je l'épouserais en échange du violon. Je le ferai mais nous nous débarrasserons bien vite d'elle. Quand elle verra à quel point elle m'importe peu, elle s'en ira.

Cantonigros, janvier 2012

Les Escales

Jeffrey Archer
Seul l'avenir le dira
Les Fautes de nos pères
Des secrets bien gardés

M.J. Arlidge
Am stram gram

Jami Attenberg
La Famille Middlestein

Fatima Bhutto
Les Lunes de Mir Ali

Daria Bignardi
Accords parfaits

Jenna Blum
Les Chasseurs de tornades

Chris Carter
Le Prix de la peur

Justin Gakuto Go
Passent les heures

Lena Gorelik
Tolstoï, Oncle Gricha et moi

Olga Grjasnowa
Le Russe aime les bouleaux

Titania Hardie
La Maison du vent

Cécile Harel
En attendant que les beaux jours reviennent

Casey Hill
Tabou

Victoria Hislop
L'Île des oubliés
Le Fil des souvenirs
Une dernière danse

Yves Hughes
Éclats de voix

Peter de Jonge
Meurtre sur l'Avenue B

Gregorio León
L'Ultime secret de Frida K.

Amanda Lind
Le Testament de Francy

Owen Matthews
Moscou Babylone

Colette McBeth
À la vie, à la mort

Sarah McCoy
Un goût de cannelle et d'espoir

David Messager
Article 122-1

Hannah Michell
Dissidences

Derek B. Miller
Dans la peau de Sheldon Horowitz

Fernando Monacelli
Naufragés

Juan Jacinto Muñoz Rengel
Le Tueur hypocondriaque

Chibundu Onuzo
La Fille du roi araignée

Ismet Prcić
California Dream

Paola Predicatori
Mon hiver à Zéroland

Paolo Roversi
La Ville rouge

Eugen Ruge
Quand la lumière décline

Amy Sackville
Là est la danse

William Shaw
Du sang sur Abbey Road

Anna Shevchenko
L'Ultime Partie

Liad Shoham
Tel-Aviv Suspects
Terminus Tel-Aviv

Priscille Sibley
Poussières d'étoiles

Marina Stepnova
Les Femmes de Lazare

Karen Viggers
La Mémoire des embruns

A.J. Waines
Les Noyées de la Tamise

Composition et mise en pages
Nord Compo à Villeneuve-d'Ascq

CET OUVRAGE
A ÉTÉ ACHEVÉ D'IMPRIMER
SUR ROTO-PAGE
PAR L'IMPRIMERIE FLOCH
À MAYENNE EN MARS 2015

Dépôt légal : avril 2015
N° d'impression : 88171
Imprimé en France